너

너 정신과전문의 김병후의 인간관계에 대한 탐구

초판 1쇄 인쇄 2011년 12월 27일 초판 1쇄 발행 2012년 1월 3일

지은이 | 김병후 **펴낸이** | 한 순 이희섭 **펴낸곳** | 나무생각 **편집** | 강소라 **디자인** | 이은아 **마케팅** | 김종문 이재석

출판등록 | 1998년 4월 14일 제13-529호 **주소** | 서울특별시 마포구 서교동 475-39 1F **전화** | 02)334-3339, 3308, 3361

팩스 | 02)334-3318 **이메일** | tree3339@hanmail.net **홈페이지** | www.namubook.co.kr **트위터 ID** | @namubook

ISBN 978-89-5937-266-9 03810 값은 뒤표지에 있습니다. 잘못된 책은 바꿔 드립니다.

너

김병후 지음

정신과전문의 김병후의 인간관계에 대한 탐구

나무생각 힐링

나는 누구이고, 너는 누구일까?

'나'는 누구인가? 어떤 상태가 '나'인가? '나'는 내 몸일까? 아니면 생각 그 자체일까? 아님 지금 내 생각을 주관하는 그 무엇이 나일까?

분명히 나는 존재한다. '나'는 '나'를 느끼고 있고, '나'를 기분 나쁘게 하는 것은 참을 수가 없다. 존재하고 있음이 분명하다. 다른 사람이 바라보는 '나'는 과연 어떤 사람일까? 그들은 나의 진정한 모습을 느낄 수 있을까?

결론적으로 말하면, 다른 사람이 보고 있는 나는 진정한 내가 아니다. 그들은 다만 나의 외부로 나타나는 행위를 볼 뿐이다. 그들은 '나'를 '너'라고 부른다. 나도 될 수 있는 '너', 그렇다면 '나'에게 '너'는 누구일까?

사실 너에 대한 것도 나에 대한 규정처럼 명확하게 정의내리기는 쉽지 않다. 그러나 너와 나의 '관계'로 들어가면 그 실체는 좀 더 구체적으로 다가온다. '나와 너의 관계' 가운데 대표적인 것이 사랑하는 연인 사이인 경우다. 이때 너는 나에게 가장 소중한 사람이 된다. 사랑을 할 땐 행복하지만, 아픔도 존재한다. 두 사람의 사이가 멀어지거나 소홀하게 대하면 섭섭해지고, 상대에게 항의를 하면 상대는 자신이 비난을 받고 있다고 느낀다. 게다가 갈등은 사랑하는 사람 사이에 필연적으로 존재한다.

사람과 사람 사이에 사랑하는 관계만 있는 것은 아니다. 처음부터 미움의 관계인 사람들도 있다. 사람은 어떤 과정을 통해 서로 관계를 맺어 가는가? 그곳에서 사랑이란 어떤 의미를 가지는 것일까? 갈등에서 비롯된 서로에 대한 분노는 왜 일어나는 것일까? 다행히 그런 과정들은 나와 너의 개념에 비해 훨씬 많은 내용이 알려져 있다.

나는 어떤 과정을 통해 생성되었고, 어느 순간부터 너와 관계를 맺어 왔는가? 우리는 나에 대해 생각하는 것만으로도 벅차 너를 생각할 여유조차 없을 때도 있고, 가장 사랑하는 사람의 마음조차 헤아리지 못하기도 한다. 설혹 그럴 마음이 있다 하더라도 '너'의 마음을 안다는 것은 그리 쉬운 일이 아니다.

그래도 우리는 살아가기 위해 매일 너를 추정해야 한다. '너'가 어떤 생각을 가지고 있는지를 감안해야지만 '너'와 관계를 맺을 수 있기 때문이다. 우리는 어떤 과정을 통해 너를 추정하는 것일까?

병원에 가면 너와 나는 신체적으로 동일한 구조를 가진 같은 '인간'으로 대접을 받는다. 평균적인 사람보다 체온이 높으면 열이 있다고 판정을 받고, 내장기관의 형태가 일반적인 상태와 다르면 병이 있을 것으로 추정한다. 같은 구조를 가지고 있다는 가정 하에 치료가 시작된다. 나에게 맛있는 음식은 다른 사람에게도 맛있고, 유행이 되는 옷은 서로 입고 싶다. 이것은 서로의 뇌가 같은 기능을 하면서 교류도 하고 있다는 증거다.

그렇게 너와 나는 살고 있다.

너를 생각할 여유조차 벅찬 것이 요즘 세상이다. 하지만 '너'를 아는 것을 미룰 수는 없다. '나'는 살기 위해 '너'라는 존재가 필요하다. 지금 나와 관계를 맺고 있는 상태인 너만 소중한 것은 아니다. 현대에 살고 있는 모든 인류는 관계로 묶여 있다. 아니, 과거의 선조들과도 관계를 가지고 있다. 문화와 문명의 발달은 모든 인간을 자신의 의지와 관계없이 연결되게 하였다. 그렇기에 우리는 '너'를 '나'만큼 알고 있어야 한다. 그래야 내가 생존할 수 있기 때문이다.

한 세상을 살면서 우리는 어느 곳에 우리의 감정과 이성, 에너지를 소비하며 살까? 평생 '나'만 붙들고 씨름하는 사람도 있을 것이고, 전체 속의 나로 발전하여 드디어 '너'가 보이기 시작하는 사람도 있을 것이다. 그 과정 중 인간관계의 가장 중심이 되는 감정인 '사랑'과 '화'에 대한 내용을 쓰다가 이를 하나로 묶을 주제가 필요했다. 그때 떠오른 것이 '너'였다. 너를 알기 위해 아직은 미흡한 내용이지만 시작은 하고 싶었다. 이런 기회를 제공하고 끈기 있게 기다려준 나무생각 한순 주간과 글을 매끄럽게 다듬어준 김은정 씨에게 감사드린다. 너와의 관계를 늘 생각하게 해준 아내 서미선과 사랑하는 딸 규리, 듬직한 아들 규호, 그리고 나와 같이 상담하고 고민했던 아름다운 부부들에게 감사와 존경의 마음을 전한다.

2011. 12.

김병후

차례

제4장

우리는 이것을 편의상 '분노'라 부른다

제5장

우리를 위한 나의 분노 다루기

제1장

너의
탄생

사회적 동물인 인간은 서로 관계를 맺고 산다. 관계는 나 이외의 다른 '나'가 존재해야만 가능하다. 사랑은 그런 인간과 인간을 연결시켜 관계를 맺는 기능을 한다. 연인 간의 사랑은 친밀한 애착관계에서 이뤄지고, 사회적 사랑은 인간 집단을 형성해 준다. 서로를 연결시켜주는 기능이 진화될수록 인간 집단인 사회는 그 규모가 커지는 것이다.

　같은 도시에 살고 있으면서 평생 한 번도 만나지 않는다 하더라도 같은 시민으로 규정된다. 만나지 않으면 친밀도는 형성되지 않지만 만나면 의지와 상관없이 직접적 관계가 형성될 수 있다. 일단 관계가 형성이 되면 모든 상황은 그에 따른 관계의 규칙을 따르게 된다. 그러나 그때마다 새로운 규칙이 만들어지는 것은 아니다. 인간의 삶에는, 과거 그와 유사한 수많은 관계가 이미 존재하였기에, 셀 수 없을 만큼의 다양한 규칙이 늘 선행한다. 새로 관계를 맺는 두 사람의 마음속에서는, 서로 다른 무의식적 규칙이, 만나는 순간 작동되기 시작한다.

이 모든 관계는 '나' 아닌 '너'로 인해 시작, 혹은 작동된다.

'너'는
누구인가?

　개인의 능력을 극대화해야 하는 것은 이 사회를 살아가기 위한 '나'의 가장 중요한 과제다. 나를 강화하는 것이 개인의 과제임에 틀림 없지만, 그렇다고 남이 없는 나는 존재할 수 없다. 나의 성공은 역설적이지만 남과의 관계를 통해서만 그 결과가 드러난다. 남보다 조금이라도 빨리 하거나 더 낫게 해내면 성공하는 것이다. 그러니 매일 매일의 삶은 나를 갈고 닦으면서 너와 관계를 맺고 사는 것이다.

　'너'는 나와 관계를 맺을 수 있는 세상의 모든 존재다. 나와 정서적으로 연결될 수 있는 사람과 동물, 또 그 이외의 모든 존재가 포함된다. 그 많은 존재 중에서 어느 시점에 너는 나의 '너'가 된다. 가깝게는 사랑하는 연인으로 너를 만날 수도 있고, 회사 구성원으로서의 너도 만날 수 있다. 그렇게 나는 살아가면서 수많은 너와 그에 맞는 관계를 가지게 된다.

　모든 관계에는 '너'라는 관계가 선행한다. 예를 들면 '나'라는 자각이 없을 때부터 '엄마'라는 존재가 나를 보살펴 왔다. 이처럼 나를 인식하기 이전에 이미 수많은 '너'와의 관계가 선행해 왔다. 그 관계 가운데는 친구인 '너'도 있고, 일시적인 만남의 '너'도 많을 것이다. 어떤 '너'가 나의 연인이 될지 몰라 마음을 졸이기도 하고, 인연이 되지 못한 '너'를 잊지 못해 밤을 지새우기도 한다. 때론 나에게 적대적인 '너' 때문에 고통을 겪기도 하고, 평생을 같이 할 것 같던 '너'와 헤어지기도 한다. 내 편인 줄 알던 '너'가 사실은 적대적이었다는 사실에 당황하기도 하고, 끊임없이 충돌하던 '너'가 실은 나에게 가장 소중한 사람이 되기도 한다. 그렇게 '나'는 수많은 '너'와 관계를 맺고 아파하고 갈등하고 행복해 하기도 하며 살아간다.

너의 탄생

'나'에게 '너'가 없는 인생은 없다. 수많은 '너'가 존재하고 그런 '너'에 의해 내가 규정된다. 그렇게 소중한 '너'를 지금까지 '나'만큼 생각하지는 않았다는 사실이 오히려 놀랍기도 하다. '너' 없는 '나'는 존재할 수 없다. 모든 '너'와의 관계가 바로 '나'이기 때문이다.

'나'는 느끼지만 '너'는 아직 뚜렷하지 않다. 우리가 실생활에서 울고 웃는 이유는 모두 '너'와의 관계 때문이다. 나에게 가장 소중한 '너'는 누구인지, 그 너와의 관계 때문에 외롭지는 않은지, 아니면 아직 만나지도 못한 미지의 너를 그리워하고 있는 것은 아닌지, 지금 이 순간 '너'와의 관계가 불확실한 상태라 불안하지는 않는지, 사랑하는 '너'가 떠나 허한 상태는 아닌지, 과거에 한없이 친했다 지금은 더이상 만나지 않는 사람도 '너'에 해당하는 것인지….

너는 오직 하나만 있는 것일까? 도대체 너는 누구인가?

'너'의
마음읽기

　나에게 행복과 불행의 감정을 가져다주는 너의 마음을 어떻게 읽을 수 있을까? 사실 내가 나를 아는 것도 쉽지는 않다. 하지만 나를 아는 것보다 더 어려운 것은 '너'를 아는 것이다. 너를 잘 모르는 것은 너에 대한 정보가 충분하지 않아서 그럴 수도 있지만, 그보다 더 큰 문제는 내가 알고 있다고 생각하는 '너'가 정말 '너'인지 확신할 수 없어서이기도 하다. 왜냐하면 너를 판단하는 기준이 되는 것은 바로 나이기 때문이다.

　지금부터 이 책에서 말하고자 하는 가장 중요한 얘기가 바로 이 부분이다. 우리가 '너'를 안다고 생각하고 살았기 때문에 수

많은 관계에서 문제가 생겨왔다. 그러니 내가 아는 것이 '너'가 아닌 '나의 생각'이라는 것을 인지한다면 우리의 모든 관계는 달라질 것이다.

'너'라고 판단되는 '너'의 실체는 '너'라기보다는 너처럼 행동할 때의 '나의 심정'이다. 너에 대한 판단은 여기서부터 시작된다. 너로 시작하는 것이 아니라 '너에 대한 나의 감정'이 출발점이 된다.

원숭이들에게 있어서 너의 행동은, 나도 하는 행동이어서 '어떤 의도'를 가진 것인지 명확하게 알 수 있는 행동이 된다. 하지만 너에 대한 인식이 진화한 유인원인 침팬지는 너와 나에 대한 인식을 구분하기 시작한다. 인간의 아기들도 '너'의 행동이 나의 그것과 나누어진다.

너는 나를 어떻게 생각하는가

다른 사람의 마음을 아는 것은 인간 사회에서 필수적인 장치다. 앞서 등장한 원숭이를 비롯해, 인간 외에도 집단생활을 하는 동물들은 얼굴에 정서를 드러냄으로써 다른 구성원인 '너'가 나의 마음을 읽을 수 있게끔 한다. 너와 내가 같은 편이어서 교류를 촉진시켜야 할 경우에는 이렇게 나를 읽기 편하게 해주는 것이 유익하다. 하지만 적대적인 관계의 '너'라면 내 마음을 읽게 하는 것이 나에게 부정적으로 작용할 수 있다. 그럴 경우 얼굴에 표정이 나타나는 것을 숨기거나 위장을 한다. 같은 집단 내에서도 경쟁을 하거나, 마음이 읽히는 게 싫다면 우리는 내 표정을 네가 읽을 수 없도록 위장한다.

다른 사람이 나를 어떻게 생각하는가에 대한 불확실성은 인간이 쉬지 않고 생각하는 주제다. 대부분의 인간은 다른 사람들이 '나'를 부정적으로 평가할지도 모른다는 두려움에 떨기도 하고, 반대로 좋은 평가를 받기 위해 남의 시선을 지나치게 의식하기도 한다.

하지만 달리 생각하면 남을 의식한다는 것은 다른 사람들의 부정적 평가, 즉, 사회의 부정적인 평가를 받지 않으려고 하는 것이기 때문에 '나'의 잘못을 예방하거나 교정시켜 사회를 긍정적인 방향으로 가게 하는 역할을 하는 셈이다.

사회에서 필요로 하는 사람은 나 이외의 누군가에게 무언가를 줄 수 있는 사람이다. 동시에 사회에 필요한 사람이 되기 위한 전제 조건은 내 행동의 효율성을 극대화시키는 것이다. 남과의 경쟁에서 이겨야 이뤄지는 행동의 극대화와 남을 위한 삶은 서로 모순된다. 너를 위한 삶을 위해, 너보다 나아져야 하기 때문이다. 이것이 우리 인간 삶의 역설적 어려움이다.

너의 아픔을
안다는 것

요즘은 그렇게 뻔뻔한 사람을 만나긴 힘들다. 남편이 그렇다는 말이다. 부인은 아니다. 평범한 여자다. 다섯 살배기 아들과 별 욕심없이 이대로 살기를 바란다. 시댁에 불만도 없고, 남편의 직업이 일정치 않은 것도 받아들이고 살았다. 시누이도 부인 편이다. 남편이바람을 피웠지만 그 여자와 헤어지고 돌아온다면 참고 살 마음이다. 하지만 남편이 요지부동이다. 그 여자와 만나는 것을 뭐라 하지않으면 굳이 이혼하지는 않겠지만 그 여자와 헤어지라고 한다면 이혼할 수밖에 없다고 말한다. 자기 아내는 물에 물 탄 듯 별 감흥이없지만, 감정 표현을 잘하는 그 여자와 함께 있으면 살아 있다는 것을 느낄 수 있기에 삶의 생동감을 가질 수 있다는 것이다.

외도 상대 여성은 남편에게 요구가 많다. 반면 아내는 연애할 때부터 마음이 여리고 착했다. 시아버지는 총각시절부터 남편이 하는 일은 모두 마땅찮아했다. 다혈질인 시어머니도 게으르고 빈둥대는 남편을 많이 혼냈다. 유일하게 칭찬을 받은 것이 아내와 같은 좋은 며느리를 데리고 와 결혼한 것이다.

원하던 아들도 낳고 직장도 잡아 살만하다고 생각했는데, 노래방 여자와 바람이 난 것이다. 아내에게는 함부로 하는 남자가 그 여자에게는 꼼짝 못하고 해달라는 것을 다 해준다. 비싼 명품 가방을 사주고, 그 여자 집에 있을 때는 평소 집에서는 하지 않던 설거지까지 한다. 그 여자와는 속궁합도 잘 맞는다는 말까지 한다. 기가 막힌 것은 자기 아내에게 딱히 불만이 있는 것도 아니라는 것이다. 잘해주던 사람은 아니었지만, 외도를 하고도 이렇게 뻔뻔스러울 거라고는 미처 생각하지 못했다. 생활력이 없다고 친정에서 반대를 했는데도 불구하고 평생 함께 살 배우자로 선택했는데, 처음엔 고맙다던 남자가 이렇게 변한 것이다.

남편은 왜 바람을 피운 것일까? 자신의 외도 때문에 아내가 얼마나 힘들어 하는지 모르는 것일까? 아내와의 관계에서 겉으로는 드러나지 않는 마음의 고통이 있었던 것일까? 아니면 아내에게 복수할 만한 상처라도 받은 것일까? 아니다. 그럴 만한 사항은 없었다. 부인은 시누이가 인정할 만큼 착한 여자였다.

그렇다면 남편 말대로 그 여자와 속궁합이 잘 맞아서일까? 사실 그럴 가능성은 많지 않다. 소설에서나 성적 능력이 남다른 여성에게 빠지는 남자가 등장하지, 현실에서 좋은 부부관계를 유지하던 남자가 다른 여자의 성적 매력에 빠져 아이와 아내를 버리는 일이 벌어질 가능성은 높지 않기 때문이다. 물론 그런 남성이 있을 수는 있다. 실제로 아내에게 불만이 많지 않아도 외도하는 남성이 존재하기도 하니까….

누군가와 사랑으로 맺은 관계

얼마 전까지만 해도 한국 사회에서 첩을 두는 것은 특별한 경우가 아니었다. 하지만 여권이 신장된 현대에서는 있을 수 없는 일이다. 남편도 법적으로 불가능한 일이라는 것 정도는 알고 있다. 남편의 외도 사실을 알게 되는 것만큼 여성에게 고통스러운 일은 없다. 여성들이 겪는 살을 에이는 듯한 고통을 알면서도 남편이 외도를 했다면, 그는 아내의 그런 고통을 느낄 능력(?)이 없다는 말이 될 수도 있다.

배우자로부터 절망적인 상처를 받은 적이 없다면, 배우자의 아픔에 둔감한 사람이 외도를 할 가능성이 높다. 배우자가 아파하는 것을 자기 자신도 같이 아파한다면 외도는 하기 어려운 것이다. 누군가와 사랑으로 관계를 맺는 것, 바로 이런 현상을 애착이라고 한다. 애착이 생긴 '누군가'는 '나'만큼 소중하기에 '누군가'의 아픔에 둔감할 수 없다. 애착이 형성되면 누군가의 생명이 나의 생명만큼 소중하게 되는 그런 관계가 형성되기 때문이다.

정조를 지키는 쥐와 바람둥이 쥐

　같은 종이라도 다른 행동이 나타날 수는 있다. 하지만 이처럼 전혀 다른 행동을 나타내는 경우는 흔치 않다. 애착이 형성되는 경우와 형성되지 않는 경우에 관한 예를 살펴보자.

　초원에 사는 들쥐와 산에 사는 산쥐는 같은 종이지만 사는 곳이 다른 만큼 살아가는 행태도 다르다. 들쥐는 짝짓기 철이 되면 암수가 만나 같이 살며 새끼를 낳는다. 그리고 둘만의 관계를 가진다. 인간처럼 일부일처를 유지하는 것이다. 새끼가 어느 정도 성장할 때까지 암컷과 수컷은 새끼를 같이 기른다.

한편 산쥐는 짝짓기 철에만 암수가 만난다. 암컷은 여러 수컷과 짝짓기를 한다. 이른바 잡혼을 하는 것이다. 그러니 새끼의 아비가 누군지 알 수 없다. 암컷은 혼자 새끼를 낳고, 그나마 낳은 지 12일이 지나면 더 이상 돌보지 않는다.

같은 종의 쥐인데, 왜 짝짓기 행동양식이 이처럼 다르게 나타나는 것일까? 유전적으로 유사한 두 쥐의 행동 차이가 왜 일어나는지 여러 변수들을 조사했다. 그러다 결국 차이를 알아냈는데, 바로 특정 호르몬의 수치 차이 때문이었다. 암수가 같이 새끼를 낳고 양육하는 들쥐의 호르몬 수치는 높았지만, 산쥐의 호르몬 수치는 낮았던 것이다.

산쥐는 같이 사는 법을 몰라 홀로 살며 새끼도 최소한의 기간만 양육하기에 들쥐와 산쥐 새끼의 생존율은 당연히 차이가 난다. 그래서 들쥐의 호르몬 수치를 산쥐의 호르몬 수치 정도로 낮추었더니 암컷과 수컷이 일부일처를 유지하고 새끼를 양육하는 행위가 사라졌다.

일반적으로 들쥐 커플은 서로 연합해 외부의 공격을 방어하고 같이 새끼를 보호한다. 그들은 혼자 살지 않고, 관계를 맺고 상대를 자신만큼 위하며 산다. 이것이 바로 애착 행동인 것이다.

애착 행동에는 특정 호르몬이 관여한다. 그래서 이 호르몬을 '애착의 호르몬'이라고 한다.

나만큼 소중한 너

애착이라는 것은 '나' 이외의 누군가를 '나만큼 소중한 너'로 인식하는 행위다. 나만큼 비중 있는 너로 애착관계가 형성되면, 그 '너'는 나만큼 소중하기 때문에 '너'의 아픔은 곧 '나'의 아픔이 된다. 네가 아프면 자동적으로 나도 아프기 때문에, 나는 너를 아프게 할 수 없고 아픈 '너'를 보호해야 한다. 나만큼 소중한 너와 함께 살아가는 것이다. 그것이 '사랑'이 아닐까? 사랑은 너 없이 존재할 수 없다.

'너'가 없던 세상에서는 '나'는 아무도 믿을 수 없었다. 세상에는 '나'를 해치거나 그렇지 않으면 해치지 않는 두 집단의 생물만 존재했다. 이 세상의 어떤 '나'도 죽는 순간까지 긴장을 멈출 수 없었다. 그러다 어느 날 '너'가 출현했다. 내가 쉴 동안 나를 보호해 주고, 나를 위해 외부의 적과 싸워주는 '너'. 그런 너의 탄생이 애착 호르몬 때문에 가능해진 것이다.

산쥐는 암수가 만나 순간적인 짝짓기를 하고, 엄마 쥐가 새끼

쥐를 기르는 짧은 기간 동안에만 너와 나의 관계가 성립된다. 이 기간이 지나면 그들 간에는 더 이상 아무 관계도 존재하지 않는다. 이와 달리 들쥐는 너와 나의 관계를 유지하면서, 함께 새끼를 기르고 가족이 되어 안락함을 느끼고, 그리고 그 관계를 지속하며 산다.

쉽게 바람을 피거나 배우자의 고통에 둔감한 사람은 애착관계가 희미한 사람이다. 그녀의 남편이 무덤덤하게 바람을 피우고 있는 상황은, 남편이 '너'의 아픔에 둔감하고, 애착 호르몬의 작동이 여의치 않은 사람이기 때문일 수 있다.

사라진 거대한 공룡과
세상을 지배한 인간의 차이

    그렇다면 '너'는 언제부터 생겨났을까? 인간에게 '너'가 언제부터 존재했는지를 추정하는 것은 쉽지 않지만, 동물세계에서 '너'의 출현은 비교적 뚜렷하게 볼 수 있다. 조류 이전 진화단계에 있는 동물들에게는 '너'의 개념이 존재하지 않았을 것이다.

    동물들이 너를 포함한 뚜렷한 무리 생활을 한 것은 포유류부터다. 포유류가 '너'의 존재를 가지게 된 것은 그들 자신의 생존을 위해서였다. 무리를 짓는 동물과 무리 짓지 않는 동물의 구분은 온혈동물과 냉혈동물의 구분과도 유사하다. 냉혈동물인 파충류는 무리를 짓지 않기 때문이다. 어찌 보면 '나'만 있는 차가운

동물과 '나'도 있고 '너'도 있어 우리가 되는 따뜻한 동물로 구
분할 수 있는지도 모른다.

　최초의 척추동물인 어류는 7억 년 전 지구상에 처음 출현했
다. 그 어류가 물에서 뭍으로 나와 양서류가 되었고, 양서류로부
터 진화한 파충류는 4억 년 전 세상에 모습을 드러냈다. 그리고
마침내 2억 2천만 년 전 공룡이 지구상에 등장했고, 같은 시기에
원시 포유류도 그 모습을 드러냈다.
　당시 지구를 가장 강력하게 지배한 동물은 바로 공룡이었다.
공룡은 강대한 하나의 개체로 시대를 풍미했다. 그런 공룡과 거
의 같은 시기에 출현한 포유류는 위험으로부터 자신을 보호할
수 있는 마땅한 무기가 없었고, 결국 강력한 공룡의 힘에 눌려
어둠 속으로 숨어야 했다. 그런데 강력한 힘으로 영원히 세상을
지배할 것 같았던 공룡이 어느 순간 지구에서 사라지고 말았다.
멸종한 것이다. 사라진 공룡 대신 세상을 지배한 건 그때까지 어
둠 속에 숨어 있었던 포유류였다. 공룡의 그 강한 힘으로도 버텨
낼 수 없었던 세상에서 포유류는 어떻게 살아남아 새로운 지배
자로 떠오르게 된 것일까?

연약한 포유류의 출현

무리생활을 하지 않던 초기의 포유류는 비참할 정도로 약한 동물이었다. 최초의 포유류는 비교하자면 지금의 쥐와 유사했다. 이들은 낮의 세계를 지배하는 강자들을 피해 살아남기 위해 밤의 세계로 가면서, 추위를 이기기 위해 온혈동물이 되었다.

파충류와 같이 에너지를 적게 사용하는 냉혈동물은 열악한 환경에 유리하지만, 공룡은 온혈동물로 진화했다. 무리를 짓기 위해 온혈동물이 된 것이 아니라 강력한 힘을 발휘하기 위해 그렇게 진화한 것이다. 햇볕이 비춰 온도가 올라가면 움직이고 추우면 움직이지 않는 냉혈동물과는 달리, 공룡은 에너지를 많이 섭취하여 언제든 빨리 움직이기 위해 온혈동물이 되었다. 동시에 직립보행을 하고 몸집이 커지는 진화 전략을 택했다. 그 결과 공룡은 강력한 힘으로 세상을 지배했으며, 지구상에 공룡을 압도할 존재는 없었다.

강자가 강력한 힘을 쓰기 위해 온혈동물이 된 반면, 약자는 도피하기 위해 온혈동물로 진화했다. 힘이 약한 포유류는 밤에 적응하고 활동하기 위한 또 다른 조건이 필요했다. 당시 동물은 후각과 시각을 주로 사용하여 움직였기에 청각이 발달되지 못했다. 또한 아래턱은 세 개의 뼈로 구성되어 있었다. 하지만, 현재 포유류는 하나의 턱만 갖고 있다. 대신 두 턱뼈를 귀 내부로 이동시켰다. 이것이 망치뼈와 모루뼈다. 이 작은 뼈의 진동으로 소리를 듣게 되면서 포유류의 야행생활이 가능해졌다. 생존을 위한 적응은 여기서 멈추지 않고 더 나아가 새로운 진화를 가능케 한다. 살기 위한 청각의 발달은 열악한 환경에서 자리 잡을 수 있는 능력은 물론 그 상황을 벗어나 새로운 세상으로 나오게 하는 진화의 길을 걷게 했다.

너, 그 출발은 모성이다

　연약한 시절의 원시 포유류를 좀 더 살펴보자. 생존하기 위해 열악한 환경인 밤의 세계에 뛰어든 포유류는 결과적으로 뇌를 발전시킨다. 포유류는 출현 후 9천만 년의 세월을 보내며 뇌의 용적이 두 배나 큰 에오마이어로 진화했다. 외형은 비슷한 쥐였지만, 신피질인 대뇌피질이 커진 것이다.

　밤의 세계로 들어가면서 생존을 위해 청각을 담당하는 측두엽, 세밀한 감각을 느끼기 위한 두정엽 그리고 정교한 운동을 담당하는 전두엽의 발달이 촉진되었다. 대뇌피질의 발달은 감각기능을 더 발달시키고 앞발과 뒤발의 운동능력을 향상시켰다. 이렇게 정교한 운동을 하게 되면서 포유류는 공룡과는 다른 진화 과정을 밟게 되었다.

생존율을 높이는 태반의 출현

공룡이 개개의 개체가 거대해지면서 그 큰 몸체로 지구를 계속 지배하는 동안, 포유류는 전혀 예상치 못한 방향으로 또 다른 결정적인 진화의 길을 가게 된다.

지금의 오리너구리가 알을 낳아 새끼를 기르는 것처럼, 당시 포유류도 알을 낳았을 것이다. 그러던 포유류가 어느 시점부터 새끼를 어미 몸 안에서 키우기 시작한다. 어미 몸 안에 태반을 진화시킨 것이다! 이것은 매우 의미 있는 일이다. 새끼의 생존에 결정적인 영향을 미치는 획기적인 것이었다. 파충류와 공룡처럼 알을 낳아 자연적으로 부화시키는 것과 어미 뱃속에서 안전하게 새끼를 키우는 것, 이는 비교할 수 없는 엄청난 생존의 차이를 초래한다.

새끼가 어미 배에서 성장해 태어난 뒤, 일정기간 같이 지내면서, 어미의 보호 하에 안전한 영양을 공급받고, 생존 기술까지 습득하는 것은 이전 동물들과는 비교할 수 없을 만큼 새끼의 생존 가능성을 높였다. 포유류의 신체는 보잘 것 없이 열악했지만,

후손의 번식력과 생존 가능성은 월등히 높아진 것이다.

　개체 각각의 육체적인 경쟁력 면에서는 공룡과 포유류는 비교할 수조차 없다. 공룡이 멸망하는 6,500만 년 전, 포유류의 외형은 여전히 '쥐'였다. 외형은 1억 5,000만 년 동안 변하지 않았다. 하지만 몸 속 내부의 변화는 미래의 인간 탄생을 가능하게 하였다.

존재와 멸종의
갈림길이 된 관계 맺기

　거대한 공룡의 퇴화와 연약한 포유류 쥐의 진화는 오늘날 인
간관계를 이해하는 데 많은 도움이 된다. 사라진 강대한 공룡과
승자로 남은 약한 포유류, 이 둘의 가장 큰 차이점은 무엇이었을
까? 공룡은 '나' 하나가 강해지는 진화를 택했고, 포유류는 '나'
와 여러 '너'가 연합을 해, 하나처럼 기능하는 방법을 선택했다.
바로 이 관계 맺기가 존재의 생존 여부를 결정하는 중대한 갈림
길이 됐다.

　공룡이 지구를 지배하는 동안에는 그에 대적할 만한 동물은
존재하지 않았다. 그런 무소불위의 힘을 가졌기에 공룡은 관계

가 필요하지 않았다. 그렇게 공룡이 개체 간의 연합보다 강대한 하나의 개체로 성장하는 동안, 포유류는 새끼를 낳고 기르는 것을 통해 관계 맺기를 준비한 것이다.

생물의 진화는 하나의 개체가 강해지는 것이 아니라, 서로 연합해 관계를 만들어 함께 강해지는 것이다. 그 연합은 하나로 통합되는 과정으로 가면 안 된다. 그것은 공룡이 걸었던 하나만 존재하는 멸종의 길이다. 독립성을 가진 개체들이 모여 연합을 해야만 된다. 그래야 모두가 사는 절대적인 신의 세계에 근접할 수 있는 능력을 발휘할 수 있다. 그럴려면 전제 조건이 있다. 개체들 간의 소통이 가능하고 그 소통이 완벽해야만 그 능력이 극대화 될 수 있다.

하나의 개체에서 진화하는 연합으로

험난한 자연계에서 너 없이 사는 '나'만 있는 경우에는 모든 어려움을 혼자 해결해야 한다. 이것은 동물의 세계에서는 물론이고 극도로 진화된 인간의 세계에서도 엄격히 적용된다. 파충류인 뱀은 부화하자마자 혼자서 먹이를 찾고 위험으로부터 벗어나 살아남아야 한다. 그런 세상에서 나를 위해주는 '너'와 함께 살 수 있는 삶이 출현한 것이다. 어미가 새끼를 태반에서 성장시키고, 낳아 기르면서 처음으로 어미에게 '너'가 출현한다. 새끼가 공격을 당하면 어미는 목숨을 걸고 새끼를 보호한다. 조류가 새끼를 기르는 행위도 마찬가지다. 새끼와 어미의 관계는 새끼를 기르기 위한 어미와 아비의 연합으로 진행되고, 한 배에서 자란 포유류 형제들은 서로에게 유대감을 가지면서 더 큰 연합으로 발전한다.

세상에 태어나자마자 누군가 내 몸을 핥아주고, 나의 생존에 맞는 영양가 있는 모유를 제공하고 따뜻하고 안락한 쉴 곳인 품을 제공한다. 성장할 때는 형제들이 함께 있고 어미가 사냥을 나가 있는 동안 놀다가 지치면 형제끼리 서로의 몸을 맞대고 따뜻한 체온을 느끼며 잠에 빠진다. 형제가 더 크면 같은 팀을 이루어 사냥에 나가고 우리를 공격하는 적에 함께 대항한다. 이제 '나'는 더 이상 외롭지 않다. '나'와 함께 살고 내 편인, '너'가 출현한 것이다.

제2장

나의
탄생

대부분의 사람들은 나 자신에 대해서는 스스로 잘 알고 있다
고 생각한다. 내가 하고 싶은 행동을 하고, 내가 먹고 싶은 것을
먹으며, 내가 가고 싶은 곳으로 가기 때문이다. 하지만 그렇게
보이는 면이 '나'의 모든 모습이라고 할 수 있을까?

　'너'라는 존재가 중요하다는 말은 그 전에 이미 중요한 '나'란
존재가 있다는 전제 하에 하는 말이다. 그렇다면 '나'는 내가 생
각하는 것만큼 정말 중요한 존재일까? 정말 그러하다면 그렇게
중요한 '나'는 어디서 왔을까? '나'는 어떻게 출현한 것일까?
'나'가 출현하기 위해서는 필수적으로 먼저 출현해야 하는 것이

있다. 그건 바로 '생명체'의 출현이다.

'나'라는 의식이 처음 생명체가 존재하면서 바로 만들어진 것은 아니다. '나'라는 존재의 출현, 그리고 '나'라는 존재를 인지하는 의식이 만들어져야 한다. 나는 어떤 과정을 통해 만들어졌고, 나는 어떤 기능을 하는 것일까? 나는 어떻게 형성되어서 너와 만나게 되었을까?

이 모든 것의 시발점은 무엇이었을까?

나만 모르는
나의 모습

　사람들은 나도 잘 알고 너도 잘 안다고 생각한다. 살다가 쓰라린 상처를 받으면 알다가도 모를 것이 사람의 마음이라고 하소연하기도 하지만, 평상시 삶에서는 너를 잘 안다고 생각한다.

　하지만 우리는 진정 '나'와 '너'를 잘 알고 있는 것일까? 거울 속에 비춰진 내 모습조차 100% 내가 아니라고 한다. 그것은 내 본 모습이 아닌, 내 뇌에 그려진 내 모습이기 때문이다. 그런데 하물며 '너'를 안다고 자만하다니….

　우리는 '나'를 얼마나 알까? 내 뇌가 느끼는 감각과 경험, 기억을 통해 나를 안다고 생각하지만, 그것이 과연 정확한 나일까?

나를 인식하는 것은 사실 쉬운 일이 아니다. 주관적인 느낌과 경험으로서의 나는 알고 있지만, 객관적인 나 그리고 내가 의식하지 못하는 나는 거의 알지 못할지도 모른다.

탁구를 칠 때 강한 스매싱을 하고 난 후 '독특한 다리 떨기' 행위를 하고 있다는 점을 미처 의식하지 못했다. 그런데 어느 날 동생과 함께 탁구를 치는데, 동생 후배가 우리 형제의 '다리 떨기'가 똑같다는 말을 했다. 그 얘기를 듣고 자그마한 전율을 느꼈다. 어렴풋이 나에게 그런 버릇이 있다는 것을 알고는 있었지만, 동생까지 같은 행위를 한다는 사실에 놀랐던 기억이 난다. 정말로 동생은 힘껏 공을 때리고 난 후 나와 똑같이 '다리 떨기'를 하는 것이다.

나는 모르지만 다른 사람들이 아는 나의 행위가 있다. 이런 행위들은 대부분 무의식적으로 행해지는 반복적 행위들로, 실상 우리 행동의 대부분을 차지한다. 우리 삶은 무의식적으로 이루어지는 행위와 생각이 대부분을 차지하고, 의식을 집중하여 행하는 행위와 사고는 상대적으로 아주 적은 부분만을 차지하고 있다. 대부분의 행위와 사고가 의식되지 못한 채 이뤄지고 있음에도, 우리는 '나'를 잘 안다고 생각하는 것이다.

나의 뇌가 나를 지배한다

어린 아이들은 2세 정도가 되면 거울에 비친 자기를 인식할 수 있다. 그래서 이때쯤 아이는 창피함을 느끼기 시작한다. 자기 자신을 인식한다는 것은 다른 사람과의 관계에서 사회적 규범을 인지하는 것과 관련이 있음을 의미한다.

인간은 다른 사람의 의도를 알기 위해 다른 사람의 행위를 내 뇌에 그대로 복제하고는 마치 내가 그 행위를 하는 것처럼 내 뇌의 동일 부위를 활성화 시켜서 상대의 의도를 유추한다. 그러니 지금껏 내가 안다고 생각했던 '너'는, 그럴 거라 유추한 '나'의 생각이었던 것이다.

동일한 나의 뇌가 반응을 하는 것이라면, 내가 하는 행위와 다른 사람이 하는 행위를 어떻게 구분할 수 있을까 하는 의구심이 생긴다. 뒤에서 자세히 설명하겠지만 상대의 행위를 복제하는 것은 거울신경세포라는 전두엽에 있는 특정 세포가 담당한다. 이 거울신경세포의 주요 작용은 다른 사람의 행위를 마치 내가 하는 것처럼 나의 뇌에 그대로 복제하고, 그 행위가 어떤 목적에서 비롯된 행위인지를 인식해, 상대의 의도를 해석하는 것이다.

내 행위와 상대의 행위를 구분하기 위해, 내 자신의 행동을 하는 경우에는 우측의 거울신경세포가 활성화된다. 반대로 다른 사람의 행위를 복제할 때는 좌측 거울신경세포만 활성화되는 것이다. 그래서 상대의 의도를 알기 위해 그 사람의 행위를 복제한 것이 나의 행위인지 다른 사람의 행위인지가 구분되는 것이다. 즉, 너와 나의 행동은 거울신경세포의 활성화 부위가 다름으로 구분된다.

단절에서 소통으로
나아가는 생명체의 진화

  우리가 매일 사랑하고 미워하고 생각하는, 어찌 보면 평생을 반복하며 깨달아가는 '나'와 '너'는 과연 누구인가? 나와 너라는 관계를 설정하고 공감하기 전에 이해해야 할 것이 바로 '나'에 대한 인지다. 내가 존재해야 '너'라는 관계 역시 시작되기 때문이다. 그리고 내가 존재하기 위한 절대적인 필요조건이 바로 생명체의 탄생이다.

  생명체가 구성되기 위한 가장 기본적인 생명 단위는 세포다. 그런 세포들이 모여 더 큰 생물이 만들어진다. 세포와 세포가 결합하기 전, 하나의 세포로만 이루어진 가장 오래된 생명체가 원핵세포다. 그리고 여기서 생물학적으로 더 진화된 것이 진핵세포다. 진핵세포는 긴 진화과정을 통해 세포 간의 연합으로 다세포 생물을 구성할 수 있는 조건들을 충족시켜나간다.

진핵세포가 되기 위해서는 여러 세포 내 소기관이 필요하다. 그중 하나가 에너지를 공급하는 미토콘드리아다. 원래 미토콘드리아는 그 자체가 하나의 원핵세포다. 에너지 발생장치가 특별히 발달한 원핵세포를 큰 원핵세포가 잡아들여 세포 내 소기관으로 만든 것이다. 이처럼 핵막이나 미토콘드리아 같은 세포 내 소기관들이 만들어지면서 일정 형태의 기능을 가진 진핵세포가 된다.

진핵세포로의 진화는 세 가지 방향으로 이루어진다.

첫째, 핵막의 형성이다. 세포 내 흩어져 있던 유전정보를 한곳에 모으게 된다.

둘째, 미토콘드리아를 가진다. 생명체 간 공생 관계를 형성한다. 그래서 하나의 세포에 핵과 미토콘드리아란 다른 두 개의 유전 정보가 존재하게 되는 것이다. '나'가 '너'를 받아들여 하나가 되었다. 미토콘드리아는 모계를 따른다. 정자의 미토콘드리아는 꼬리에 있는데, 정자가 난자와 만나 수정이 될 때 정자의 꼬리가 떨어져나가기 때문에 후손에 전달되지 못하는 것이다. 이제 에너지 발생 장치로 특화된 세포 내 소기관이 완성되었다. 미토콘드리아는 동물세포의 50%를 차지한다.

셋째, 세포막의 기능 변화다. 원핵세포의 세포막은 독자 생존하기 위한 기능을 하며, 외부로부터 세포 내부를 보호한다. 그러나 진핵세포의 세포막은 다른 세포막과 결합하는 기능을 수행하기 위해 진화한다. **진화는 외부와의 단절에서 서로 소통하는 방향으로 진행되는 것이다.** 세포막의 변형은 나와 수많은 '너'의 결합을 가능하게 한다. 생명체가 진화 능력을 가지면, 고립에서 만남으로, 그 길을 바꾸게 된다.

통합으로 가기 위한 선택, 세포들의 결합

다세포 생물은 수많은 세포들의 결합으로 탄생했다. 피부를 제외한 세포들은 외부 세계와 차단된 삶을 받아들인다. 내장, 폐, 심장과 근육 그리고 뇌가 그렇다. 하나의 세포로서 살아가는 독립된 삶을 포기하고, 집단으로 하나의 생명체가 되는 길을 선택한 것이다. 그렇게 수없이 많은 세포들이 연합해 하나의 '나'를 형성한다.

반면, 하나의 세포로 이루어진 단핵세포는 이분법인 무성생식에 의해 번식한다. 유전적으로 모세포와 자세포는 같다. 즉, 영원히 동일 유전자를 유지하는 것이다. 무성생식을 하는 단핵세포는 영원한 삶을 사는 것과 같다. 그런데 다세포 생물이 된다는 것은 혼자 사는 삶을 포기함과 동시에 영원한 생명도 포기하는 것이다. 여러 생명체들 간의 결합을 선택한 진화는 나와 다른 '너'인 자손을 후대에 남기는 대신 나의 영원한 삶은 잃게 되는 숙명을 선택한 것이다. 이렇게 '나'를 포기하고 '우리'를 찾아가는 것이 생명체가 가야 할 길인지도 모른다.

　지속적으로 생명체 간의 연합을 지속하던 진화과정에서 유일한 분화가 이뤄진다. 바로 암컷과 수컷으로 나누어지는 것이다. 이를 유성생식이라 한다. 유성생식은 생명체의 다양성을 이루게 한다. **남녀로 구분됨으로써 그 자손은 과거와 미래를 통틀어 유일한, 단 하나의 유전 형질을 가진 존재가 된다.** '나'와 똑같은 '너'는 과거와 미래를 통틀어서 절대 나올 수 없다. 생물체는 통합의 길로 가면서, 동시에 다양함으로 진화한다. 특화되어 끝없이 다양하게 분화되면서 다른 한편으로는 궁극적으로 하나처럼 연결되는 것, 그것이 진화의 방향이 아닐까? '사람관계'의 방향이 아닐까?

무엇이 생명체를
움직이게 하는가

다세포 생물이 태양에너지를 이용한 광합성을 통해 에너지원을 얻은 후 한 자리에 고정되어 살아가면 식물이 되고, 움직이면서 에너지원을 찾아 섭취하고 살면 동물이 된다. 움직임은 식물과 동물을 나누는 가장 기본적인 기준이 된다. 움직임은 동물에게 굉장히 중요한 의미를 가진다. 동물에게는 움직임을 특화하는 근육세포가 있다. 그리고 이 근육세포에게 움직이라는 명령을 내리는 것이 바로 '뇌'다.

뇌가 없는 동물들도 그들 안에 있는 호르몬이나 페로몬 그리고 화학물질의 농도 변화를 스스로 감지해 움직일 수 있다. 하지만 이런 단순 반복적인 움직임만으로는 복잡한 세상을 살아갈 수 없다. 이를 해결하기 위해 전체 움직임을 중앙에서 관장하는 '뇌'가 진화한 것이다. 뇌는 근육세포들이 움직이도록 신경 신호를 보낸다. 즉, 뇌는 움직이기 위해 존재한다.

그렇다면 뇌는 아무 때나 움직이라는 신경 신호를 보낼까? 몸 상태가 움직일 수 없는 상태에서도 뇌는 달리라고 명령할 수 있는 것일까? 도대체 무엇이 뇌를 작동하도록 하는 것일까? 뇌가 생존에 필요한 것을 감지하고, 그 내용에 따라 몸을 움직이게 하는 기전이 무엇일까? 그것이 원시 '나', 바로 '마음'이다.

일정하게 반복되는 행위의 입력

물고기는 반복적인 지느러미의 움직임으로 먹이를 찾아가고 또 포식자로부터 도망친다. 물고기의 지느러미는 단순하지만, 쉬지 않고 계속 움직인다. 물고기의 뇌에서 운동을 담당하는 전두엽은 지느러미가 움직이도록 신경 신호를 보내고, 먹이를 냄새로 포착하면 쫓아가게 한다.

물고기의 뇌는 이렇게 끊임없이 '헤엄'치도록 하면서, 동시에 적이 어디서 나타나는지 살펴야 하고, 주변에 바위와 산호가 있다면 피하기도 해야 한다. 뇌는 끊임없이 주변을 관찰하면서 계속 움직이게 한다. 할 일이 너무 많다. 이 모든 행위를 하면서, 계속해서 지느러미를 움직이도록 뇌가 신호를 보내는 것은 비효율적이다. 헤엄치기는 동일한 행위를 일정하게 반복하는 것이다. 말 그대로 '고정된 반복행위'다.

처음 하는 행동이나 불규칙적인 행동을 하기 위해서는 뇌가 하나 하나 집중하여 신호를 보내 움직이게 해야 한다. 하지만 그 행동이 일정하게 반복된다면 그럴 필요가 없다. 그래서 그런 반복행위를 뇌의 '기저핵'에 등록해 저장시킨다. 기저핵에 등록된 단순 반복행위는 이후 특별한 명령 없이 자동으로 시행되면서 뇌의 부담을 줄이는 것이다.

어류 가운데 땅으로 올라와 진화한 동물들은 지느러미를 움직이는 것보다 더 복잡한 운동능력이 필요했다. 땅에서는 물속에 있을 때보다 균형 잡기가 더 힘들고, 에너지는 더 많이 소비되고, 신체에 대한 감각이 있어야 효율적인 움직임이 가능하기 때문이다. 그래서 물고기의 '헤엄치기' 다음으로 저장된 행위가 양서류의 '기어가기'다. 기어가기는 다시 포유류의 '네 발 걷기'로 조정되고, 인간에 이르러 '두 발 걷기'로 다시 재조정되었다. 이처럼 복잡하게 조정된 고정 반복행위는, 원형의 행위에 새로움이 추가되어 조금씩 더 정교한 행위가 되는 것이다.

네 발로 걷기를 가능하게 한 포유류의 전두엽은 더 정교해졌고, 여기에 영장류는 손의 움직임을 더 정교하게 진화시켰다. 운동과 감각을 담당하는 대뇌 전두엽과 두정엽의 용적은 점점 커져간다. 두 발로 걷는 인간은 더 발달된 신경기능을 필요로 하고, 자유로운 손의 사용은 대뇌의 발달을 촉진시켰다. 인간의 경우 일반 운동능력보다는 손의 움직임, 얼굴 표정 짓기 그리고 언어 사용을 위한 영역이 뇌의 대부분을 차지하게 된다.

운동을 관장하는 전두엽에는 몸의 각 부위를 움직이는 영역이 결정되어 있다. 또한 운동과 마찬가지로 신체 각 부위에 대한 감각 역시 두정엽의 특정 부위가 결정되어 있다. 평형감각은 소뇌가 관장하고, 시각과 청각, 그리고 후각 등은 외부 세계를 관장하는 후두엽과 측두엽이 그 기능을 담당한다. 호흡과 체온 유지 등의 생명장치가 있는 중뇌와 연수가 있어 에너지를 신체 각 부위에 적절하게 전달하는 자동 기능을 한다. 척수는 신경말단과 연수 그리고 중뇌를 통해 대뇌와 시상이 있는 중앙 뇌 기관을 연결한다.

나를 만드는 반복행위들

우리 일상생활의 다양한 행위는 대부분 일정 행위의 반복이다. 걷고, 운동하고, 음식을 만들고, 자동차를 운전하는 것도 마찬가지다. 대부분의 사람들은 이런 행위를 하면서 공상을 하기도 하고 누군가와 전화를 하기도 한다. 반복되는 행위에 의식을 집중하지 않는다는 것이다.

한 사람의 행위는 그 사람만의 독특한 행동 양식으로 구성되어 있고, 그런 일상생활 대부분의 행위는 전혀 의식하지 않고 행해진다. 치약을 가운데부터 짜고, 양말을 벗어 소파 밑으로 던지고, 밥을 먹을 때 쩝쩝 소리를 내는 것 역시 의식하지 않는 일상생활인 것이다. 우리의 행위는 대부분 의식하지 않고 이뤄진다.

새로운 행위를 습득하는 경우는 다른 사람을 따라할 때가 많다. 공장에 새로 들어 간 사람은 선배로부터 일을 배워야 한다. 정신을 차리고 의식을 집중해 일의 순서를 배워 나간다. 동일한 작업을 수없이 반복하며 시간이 지나면 어느새 자동으로 일을 하고 있는 자신을 발견할 수 있다. 이처럼 행위의 습득은 수많은 반복을 통해 이루어진다. 그리고 이렇게 습득된 행위는 의식의 통제없이 행해진다.

아무리 중요한 것도 한 번 듣는다고 습득이 되지는 않는다. 그렇다고 무작정 반복을 계속한다고 입력되는 것도 아니다. 그 행위가 필요하다는 '내 마음'이 있어야만 한다. 신입사원이 하루라도 빨리 일을 습득하려는 마음이 있었기 때문에 그 일이 습관적인 고정행위가 된 것이다. 마찬가지로 마음에도 없는 것을 상대가 억지로 시킨다고 습득되지는 않는다. 정말로 나에게 그 행위가 필요하다는 마음이 있어야만 한다. 왜냐하면 이런 습관적 행위들이 모여서 '나'가 되기 때문이다.

행동을 일으키는 원인은 감정이다

　행위가 고정되려면 그 행위를 하려는 마음 상태가 먼저 있어야 한다고 했다. 이런 마음 상태의 시초가 바로 '감정'이다. 감정이 행위를 유발한다. 배고프면 밥을 찾게 되고, 아프면 쉬게 된다. 사춘기의 뒤숭숭한 마음 역시 '감정'이다. 그런 마음은 이성을 찾는 행위를 하게 한다. 행위가 다양해지면 유도하는 감정들도 다양해진다. 그런 수많은 감정들이 모여 진화되어 '의식'과 '생각'이 되었을 것이다.

원시 감정

뇌는 사태를 한순간에 통합적으로 파악해 어떤 '감정' 상태를 만들어낸다. 그러면 자동적으로 그 감정에 따라 행위가 뒤따르는 것이다. 즉, 감정은 행위를 하기 위해 존재하는 것이다. 감정의 변화가 없다면 행위는 단순할 것이다. 사랑하고 싶은 감정이 나오면 평소 하지 않던 행동을 한다. 이성을 찾고, 보고 싶어 하고, 만나면 접촉하고, 오래 같이 있고 싶어 하는 감정이 그에 맞는 행동을 자동으로 유발한다.

감정은 뇌의 성질 중 가장 오래된 것이다. 초기 원시동물의 경우 감정을 담당했던 것은 후각을 담당하는 후뇌(rhinencephalon)였다. 그래서 냄새가 감지되면 그에 따른 행위를 했다. 음식과 발정기 때의 냄새가 행위를 결정했고, 약탈자의 체취가 공기를 통해 전달되면 자동적으로 도망갔다. 그 모든 행위가 자동적으로 개체에 저장되어 있는 것이다.

몸 상태와 관련된 감정

모든 행동의 시초인 감정은 신체적 불균형을 교정하는 기능도 한다. 영양이 부족하면 배고픔을 느끼고, 배고픔을 느끼면 먹이를 찾는다. 또 수분이 부족하면 목이 마르고, 목이 마르면 물을 찾는다. 근육이 지치면 피로를 느끼고, 피로하면 쉬게 된다.

배고픔이나 가려움을 해결하는 일상적인 행위는 의식까지 도달하지 않고 기저핵에 저장되어 자동적으로 행해진다. 가려우면 긁고 졸리면 자게 되는 것이다. 이처럼 감정은 몸의 상태를 파악하여 자동적으로 뇌가 행위를 할 수 있도록 하기 위한 기능을 위해서도 진화되었다.

통증

동물에게 가장 흔한 감정은 통증과 쾌락이다. 통증이 나타나는 대표적인 상황은 신체가 손상을 입을 때다. 몸의 말단에서 통증을 느끼면 체감각피질로 들어가는 감각로와 함께 정서반응에 관여하는 시상하부, 편도체 그리고 대상피질의 영역으로 들어가는 신경로를 자극한다.

그래서 감각로의 이상은 통증의 자극 없이도 아플 수 있지만, 대상피질에 장애가 있는 사람은 감각이 있어 통증을 느끼더라도, 신경로에 장애가 있어, 아픔을 느끼지는 않는다. 역으로 암과 같은 질환을 앓을 때 대상피질이 이상 활성화 되면서 극심한 통증에 시달리게 된다.

쾌락과 즐거운 기분

쾌락은 욕구와 충동이 만족될 때 일어난다. 욕구와 충동은 삶의 단계에 맞는 행위를 하도록 하기 위해 나타난다. 생체리듬에 의해 호르몬이 분비되는데, 특정 호르몬의 분비는 어떤 마음 상태를 만들어 그에 따른 행위가 뒤따르도록 한다. 사춘기가 되면 성적 충동이 일어나고, 배란기가 된 여성들은 부부관계에 대한 욕구가 커질 수 있다. 이때 그런 욕구가 채워지면 '쾌락'을 느끼게 된다.

한편 몸의 욕구와 상관없이 특정 쾌락에 노출되면, 그 쾌락을 반복하려는 중독 현상을 낳을 수 있다. 알코올 중독인 사람이 술을 마시고 싶은 충동을 제어하지 못하는 것이 그 예다. 쾌락은 몸의 항상성을 유지하기 위해 존재하지만, 자연의 법칙을 벗어나면 그와 동시에 중독이란 부작용을 초래할 수 있다. 쉽게 얻을 수 있는 쾌락에는 반드시 중독이 동반된다.

몰입도 쾌락을 만든다

축구 시합을 하는 남자들은 골을 넣을 때마다 짜릿한 감정을 느낀다. 다른 사람보다 빠르게 공을 던질 수 있는 사람은 마운드에 설 때면 쾌감을 느낀다. 성취를 위한 몰입은 특히 남자들을 매료시킨다. 그래서 남자들은 다른 사람들보다 자신이 더 뛰어난 무엇을 하고 싶어 한다. 남보다 먼저 높은 산에 오르려 하고, 목숨을 걸고서라도 더 멀리 노를 저어 나가며, 사업 성공을 위해 쉬지 않고 전력질주하는 것도 모두 이런 쾌락의 중추를 만족시키는 것이다.

다른 사람보다 나아지려는 노력과 그 결과에 대한 보상은 쾌감 중추의 흥분이다. 어떤 영역이든 관계없이 자신이 다른 사람보다 뛰어나면 쾌락 호르몬이 분출되는 것이다. 그런 행위를 하기 위한 몰입은 그 자체가 쾌락을 주게 된다. 이 같은 몰입은 쉽게 상상할 수 없는 일을 할 수 있게 하기도 한다. 산악인 박영석 대장과 애플의 창립자 스티브 잡스가 그러한 예에 해당하는 사람이다.

공포 감정을
지배하는 편도체

이번 항해는 왠지 나가고 싶지 않다. 구름의 모양과 바람의 방향이 예사롭지 않기 때문이다. 나는 분명히 느끼고 있는데, 선주는 아랑곳 하지 않는다. 아무리 많은 배당을 준다고 해도 빠지고 싶다.

생명체가 외부 세계의 위협을 감지하는 기능은 중요하다. 얼룩말은 사자가 나타나면 도망쳐야 한다. 사자가 자주 출몰하거나 있을 가능성이 높은 곳도 감지할 수 있어야 한다. 그렇다고 이런 상황을 매번 의식하고 집중하는 것은 불가능하다고 했다. 그래서 생명체는 그런 가능성이 있는 상황이 되면 '불안'이라는 감정이 자동으로 나오게 진화된다.

어딘가 위험이 도사리고 있을 것이라는 감지가 불안을 만드는 것이다. 그 위험이 절박하면 공포가 된다. 동물은 항상 움직이면서 위험한 상황을 만나고, 이를 극복해야 생존할 수 있다. 포식자가 나타난 것 같은 느낌이 있으면 자동적으로 이를 피하는 행위가 나와야 한다. 공포의 느낌은 도망이라는 반복행위를 유발시킨다. 이런 행위는 자동적으로 이루어진다. 이런 공포를 감지하는 기관이 '편도체'고, 이를 기억하는 곳이 '해마'다.

공포를 느끼면 스트레스 호르몬이 분출된다

한곳에서 움직이지 않는 식물과 달리 움직이며 진화하는 동물은 공포에 많이 노출되어 있다. 측두엽 내에 존재하는 편도체는 감정과 관련되는 여러 뇌 기관과 연결되어 감정을 완성한다. 공포 상황에서 도망치기 위해서는 스트레스 호르몬이 분비되어야 하는데, 공포를 느끼면 스트레스 호르몬은 자동으로 분비된다. 이는 편도체가 시상하부와 연결되어 있기 때문이다. 도망치는 반복행위가 자동적으로 나오게 하기 위해서 기저핵과 연결되어 있고, 이렇게 만들어진 감정은 4분의 1초 내에 배내측 전전두엽에 의해 전달되어 도망갈지 싸울지를 결정하게 한다.

장기간 편도체를 자극하면 위궤양과 같은 스트레스 관련 질병이 생기는데, 이는 분노나 공포가 있을 때 분비되는 스트레스 호르몬이 지속적으로 다량 분비되기 때문이다. 편도체에 손상을 입으면 주변 상황이나 사람들에게 무관심해지는 클루버부시 증후군(Kluver-Bucy syndrome)이란 현상이 나타난다. 감정이 사라지게 되어 열의도 욕구도 사라지기 때문에 무언가 하려는 마음 자체가 없어지는 것이다.

이처럼 쾌락과 충동을 포함한 감정은 그에 따른 행위를 동반한다. 혹 직접적인 행위를 동반하지 않더라도 어떤 행위를 하려는 준비태세가 만들어지도록 한다. 감정은 의식과는 다른 차원에서 작동된다. 무언가 집중하는 의식에 감정이 영향을 끼칠 수 있지만 의식이 감정에 직접 영향을 줄 수는 없다. 불안과 공포를 느끼는 상황을 의식할 수는 있지만 불안 자체를 없앨 수는 없는 것과 같다.

모든 정서의
밑그림이 되는 배경정서

　모든 행위의 기초가 되는 것은 감정이라고 했다. 우리의 몸 상태 역시 이런 감정의 한 요소로 나타난다. 몸의 기능이 좋지 않으면 몸이 좋지 않다는 느낌이 온다. 몸에 이상이 생기면 '통증'을 느끼고, 그러면 통증을 피하기 위한 행위를 한다.

　배고픔, 목마름, 성적 욕구는 모든 동물이 가지는 기본적이고 본능적인 충동이며, 고등 동물이 되면 호기심, 탐구, 놀이 등이 충동과 동기가 된다. 인간들은 진화하면서 이러한 충동과 동기가 더 복잡해지고 다양해진다. 가령 축구를 하고 싶은 충동은 신체 건강을 유지하기 위해 필요한 장치일 수 있고, 쇼핑을 하고 싶은 충동은 무언가 보상받기 원하는 충동일 수 있다.

생물체는 자신의 존재를 보존하려 하고, 자신의 기능을 보다 완전한 상태로 끌어올리기 위해 노력한다. 이것이 이루어지면 기쁨의 정서가 되지만, 그렇지 못하다면 상태에 따라 좋지 않은 느낌을 가질 것이다. 그리고 그 상태에 따른 느낌을 제거하기 위한 행위를 할 것이다.

우리 몸은 늘 자동적으로 항상성을 유지하고자 한다. 항상성이란 '건강한 상태를 유지하기 위한 자동적이고 선천적인 생명장치'다. 그래서 몸이 기능을 잘하기 위해서는 에너지원을 흡수하여 사용하는 대사 작용, 외부의 변화와 자극에 대한 기본 반사, 신체 내부를 보호하는 면역반응을 통해 몸이 '항상성'을 유지할 수 있어야 한다. 이러한 항상성이 유지되는지, 유지되고 있지 않은지 신체를 모니터링 하여 감각의 바탕 상태를 형성하는 것이 배경정서다.

'요즘 몸 상태 최고야!'
'컨디션 좋은데!'
'뭐든지 다 할 수 있는 느낌이야.'

이런 말들이 좋은 상태의 배경정서를 나타내는 말이다. 몸의 항상성이 잘 유지되어 최고의 기능을 발휘할 수 있다는 말이다. 반대로 나쁜 상태를 나타내는 표현도 있다.

'몸 상태가 좋지 않아.'
'이런 찌뿌듯한 상태로는 아무 것도 할 수 없어.'
'뭘 해도 안 될 것 같아.'

배경정서는 내 몸의 상태가 그 시점에서 어느 정도 기능을 발휘할 수 있을지 알려주는 지표다. 몸의 건강과 기능 상황을 파악하여 한순간에 그 정도가 얼마인지 알려주는 것이다.

나의 생존을 위한
일차정서

    '항상성'을 유지하려는 배경정서를 기반으로 외부 상황에 따라 일어나는 6가지 감정이 일차적 정서다. 기쁨, 슬픔, 혐오, 분노, 두려움 그리고 놀람이 그것이다. 주인을 본 강아지는 기뻐서 꼬리를 흔들고, 깜짝 놀란 고양이는 눈을 크게 뜬다. 화가 난 호랑이는 으르렁거리고, 먹을 것을 놓친 여우는 아쉬운 표정을 짓는다. 상한 음식을 보면 얼굴을 찡그리며 피한다.

    이처럼 일차적 정서는 '나'의 생존을 위한 개인적 정서다. 개인적 정서는 무리 지어 사는 집단에서 관계를 통해 나타나는 사회적 정서와는 다르다. 사회적 관계에서도 나타날 수 있지만,

기본적으로 일차적 정서는 '나'가 세상에 생존하기 위해 출현한다. 정서를 보이는 것은 어떤 상황이나 현상에 따른 결과처럼 보이지만, 실제로는 특정 행위를 하기 위한 동인의 기능을 한다. 예를 들어 상한 음식을 보면 혐오의 감정이 나온다. 그러한 감정이 나오는 것은 그 음식을 먹지 않도록 하기 위해서다. 결과적으로 몸을 보호하는 기능을 하는 것이다.

위험한 상황이 닥쳤을 때 두려움을 느끼는 것은 그 자체의 감정이 필요해서가 아니라 위험한 상황을 피하는 행위를 하도록 유도하기 위해 존재한다. 그래야 생명을 보존할 수 있기 때문이다. 이렇게 일차적 정서는 '나'와 세계와의 관계 속에서 '나'를 보호하기 위해 출현한다. 수없이 다가오는 많은 문제를 해결해야 하는 상황 속에서, 집중해야 풀 수 있는 작업에 투여되는 '의식'의 개입 없이, 순간적으로 상황을 파악해 생존하기 위한 행위를 하게 하는 기능이다.

걸음을 걷다가 순간 헛디뎌 넘어질 때면 사람은 누구나 비슷한 행동을 하는데, 바로 손을 앞으로 짚어 얼굴을 보호하려 한다. 이런 행위가 고정된 행위다. 그래서 모든 사람의 뇌는 넘어지려고 할 때 같은 행동을 한다. 그런데 예외가 있다. 아기를 안고 있는 엄마의 행동은 다르다. 손을 뻗어 자기 얼굴을 보호하는 대신, 자신은 다치더라도 아기를 먼저 보호한다. 자동적으로 정해진 행위 대신, 특수 상황임을 판단하는 '의식'을 사용해 아이를 보호하는 것이다.

특수 행위에만 집중하기 위해 만들어진 '의식'

이처럼 고정된 반복행위로는 해결할 수 없는 삶의 영역을 위해 출현한 것이 바로 '의식'이다. 하등동물은 의식이 필요 없는 반복행위들만으로도 삶을 유지할 수 있다. 하지만 인간과 같은 고등동물은 행동이 너무 복잡하고 다양해 자동화된 행위만으로는 모든 상황을 대처할 수 없다. 다양한 행위들 가운데 전에는 해본 적이 없는 행위들이 많기 때문이다. 이런 특수 상황에 집중하기 위해 필요한 것이 '의식'이다. 결국 인간의 삶이란 여러 고정 반복행위들에 약간의 의식이 가미된 것이라고 할 수 있다.

우리가 삶의 모든 순간을 의식하지는 않는다. 생각 없이 걷고 있다가 누군가 부르면 부른 이를 쳐다보는 그 순간에만 의식이 집중된다. 의식을 집중한 상태를 항상 유지하는 것도 아니다. 의식은 존재하다가 다음 순간 사라졌다가 다시 집중이 필요할 때

또 순간적으로 나타난다. 이처럼 의식은 나타났다 사라지는 것을 반복한다. 공부 같은 특수 상황에 계속 집중하면 뇌는 피로해진다. 만일 일상생활의 많은 부분을 공부하듯이 의식을 통해 집중한다면 뇌는 그 피로를 견디지 못할 것이다.

결과적으로 필요한 상황에만 의식이 집중되는 것은 의식의 낭비를 막기 위한 것이다. 특별히 예측하고 집중해야 할 것만 의식을 사용하고, 일상적으로 반복되는 행위는 의식하지 않고 행해진다. 이처럼 의식은 불연속적이다. 이러한 의식의 기능은 시상과 대뇌피질로 구성된 시상피질계가 담당하는데, 시상과 대뇌피질은 인지와 의식의 활동을 가능하게 한다.

뇌와
전전두엽

　생존과 관계의 모든 것을 전달하는 뇌의 기능 중 인간을 가장 인간답게 특징짓는 뇌 영역은 전전두엽이다. 이마의 대부분을 차지해 이마엽이라고도 한다. 이렇게 생각하면 된다. 인간이 큰 로봇을 만들었다고 가정하자. 인간이 로봇의 몸 어디엔가 들어가서 조종해야 한다면 로봇의 이마 위치에서 할 것이다. 바로 그것이 전전두엽의 기능이다. 인간이 로봇을 조종하듯 전전두엽이 인간을 조종한다.

　뇌는 이렇게 구성되어 있다. 먼저 가장 먼저 출현한 뇌간은 자동 생명조절기능을 한다. 에너지를 받아들여 신체에서 사용할 수 있는 상태로 만들어 신체 각 부분에 보내고 호흡기관, 심혈관, 내장기관이 자동적으로 기능하도록 한다. 시상하부는 생리조절을 담당하고, 중뇌는 쾌감중추가 있어 욕구와 충동이 충족되면 기쁨을 느끼도록 한다. 기저핵은 삶의 근간을 이루는 반복적인 행위를 담당하고, 변연계는 감정의 중추 기능을 한다. 시상은 후각을 제외한 모든 감각 정보가 모이는 곳으로, 이곳의 정보는 대뇌피질로 전달된다. 대뇌피질은 운동을 담당하는 전두엽, 감각을 담당하는 두정엽, 청각에 관여하는 측두엽, 후각과 시각에 관여를 하는 후두엽이 있다. 그리고 내장기관을 관장하는 뇌섬엽이 있다. 뇌섬엽은 혐오감의 중추이기도 하다. 마음읽기는 측두엽 부위에서 보완된다.

뇌의 모든 기관을 다시 관장하는 것이 전전두엽이다. 주의 집중을 하게 하고, 자기 인식에 관여하며, 상호교감과 사회적 인간관계에 관여하는 것은 내측 전전두엽이다. 변연계로부터 발현하는 감정을 조정하는 기능과 도덕적인 판단은 복내측 전전두엽이 담당한다. 그래서 복내측 전전두엽은 절제의 중추이기도 하다. 해야 할 일을 계획하고 문제해결과 효율적인 판단을 하는 이성과 인지의 중추는 외배측 전전두엽이다.

예측하고 결정하고 그래서 대비하라

휴가철이 되면 어떤 길로 가는 것이 막히지 않을까 하는 주제를 가지고 논쟁이 벌어진다. 원만히 합의가 이뤄질 수도 있지만, 간혹 격렬한 주장이 오고간다. 서로 갖고 있는 자료와 지식을 총동원하여 가장 효율적인 방법을 주장한다. 그렇게 애써 내린 예측이 틀린 경우는 엄청난 자책이 뒤따른다.

뇌는 운동을 위해 존재한다고 했다. 움직여야만 생명을 유지할 수 있는 동물의 뇌는 늘 특정 순간에 무슨 행동을 해야 할지 판단하고 실행해야만 한다.

호흡이나 심장박동, 소화와 같은 생명유지 기능은 자율신경계의 통제 하에 자동으로 이루어진다. 살아 있는 매순간 생명유지에 가장 중요한 우선순위가 무엇인지를 뇌는 끊임없이 결정하고 실행해야 한다.

뇌는 미래를 예측하기도 한다. 공이 날아오면 몸을 피하는 경우다. 이러한 예측 역시 의식하지 않고 반사적으로 행해지는 경우가 대부분이다. 예측도 움직임을 위한 전제 조건이다. 뇌는 늘 보이는 것을 내부에 묘사하고, 그것을 바탕으로 다가올 미래를 예측해 그에 따라 행동한다.

예측에는 의식도 관여한다. 예측은 생존에 직결되기 때문에, 여러 가능성 중에 가장 효율적인 것 '하나'를 선택하게 되는데, 대부분 자동적으로 결정된다. 의식의 도움을 받아 과거의 사례를 분석하고 다른 사람들의 반응을 미리 예측하기도 한다. 다양한 예측 가운데 자신이 살아오면서 생존에 가장 효율적이라고 판단되는 예측이 선택되는 것이다.

효율적인 것이 올바른 것은 아니다

일반 통념상 인간은 자신이 하는 행위가 효율적이어야 한다고 생각한다. 그렇지 못한 선택을 한 경우에는 후회하고 자책한다.

인간은 행동의 효율성을 절대적인 가치로 여긴다. 자기 계발에 대한 수많은 이야기는 모두 여기에 해당한다. 효율적이지 못한 것은 자신을 해치는 행위와 동일하게 여기기도 한다.

자신에게 가장 유리한 행위의 예측은 매일 매일의 생활 속에 퍼져 있다. 한순간의 방심도 용납 못하는 사람도 있다. 설거지를 하면서 물을 조금이라도 아끼는 방법을 생각하는 사람도 있고, 돈을 조금이라도 낭비한 자신을 용서하지 못하기도 한다.

효율적으로 행동하지 않는 자녀들을 보면 참지 못하는 부모들도 마찬가지다. 기업에서 효율적으로 일하지 못하는 사람은 쫓겨날 각오를 해야 한다. 그러한 노력들이 모여 인류의 발달을 이뤄온 것은 사실이지만, 문제는 효율성이 한 가지 방향만 갖고 있는 것은 아니라는 점이다. 사람들은 세상에 수없이 많은 효율성이 있음에도 불구하고 자신의 것이 최적의 선택이라고 믿는다. 그것을 끝까지 주장한다. 그리고 끝없이 옳은 선택을 하기 위해 몰두한다. 삶에서 올바른 예측과 효율적인 행위를 하지 못하면 살아남지 못하기 때문이다.

이처럼 나를 결정짓는 것은 내 안의 모든 것이다. 그렇게 만들어진 나를 '너'는 보고 있다. '너'도 나와 같이 최선의 선택을 한다. '나'와 '너'는 관계를 맺으며 사회를 구성한다. 관계를 맺는 목적은 궁극적으로 나를 향상시키고 '너'와의 관계를 통해 만들어진 '우리'가 행복하기를 바라기 때문일 것이다. 하지만 인간은 결코 항상 행복하지는 않다. '너'와의 관계가 그렇다. 분명 애착을 느끼고 사랑하는 관계인데도, 너를 향해 표출되는 감정은 분노나 화가 더 많다.

그렇다면 차라리 관계를 맺지 말고 혼자 살아가는 것이 더 나을까? 아니다. 인간은 관계가 없으면 존재 자체가 불가능하다. 그래서 인간은 관계를 맺고 '우리'가 된다. 지금부터 이러한 '관계'의 비밀 속으로 들어가 보자.

제3장

우리는
이것을
편의상
'사랑' 이라
부른다

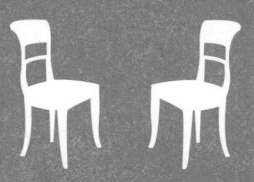

'나' 만큼 소중한 '너'의 탄생이 바로 사랑이 시작되는 시점이
다. 단순히 '사랑이 있어 행복하다'는 정도가 아니다. '너'가 있
어야만 관계를 맺고 인간의 생존이 가능하다. 사랑은 관념이 아
니라 실체다. 만남을 통해서만 이루어지고, 그 만남은 행위가 있
어야만 한다. 행위 없이 관념만으로 사랑은 존재하지 않는다. 사
랑은 행위기 때문이다.

　대표적인 '나'와 '너'의 관계를 이루는 것이 여자와 남자다.
그런데 이 두 대표주자가 느끼는 사랑의 행복감은 그 형태가 다

르다. 여자들은 안락하게 지속적으로 관계가 연결되어 안정된 상태에서 행복을 가지기를 바라는 반면, 남자들은 섹스에 탐닉하는 것처럼 상대적으로 짧은 시간의 만남에서 도파민과 옥시토신이 과량으로 분출되는 흥분과 쾌락의 관계를 갖기를 바란다.

인간은 끊임없이 사랑을 갈구하는 존재다. 사랑받고, 보호받고, 관심을 받고 싶어 하는 존재가 바로 인간이다. 그래서 끊임없이 '나'와 '너'의 관계를 만들기 위해 노력하는 것이다.

너와 나를
연결하는 호르몬

　먹고 먹히는 관계가 난무하는 야생의 세계에서 몸을 맞대고 자는 것은 서로 간 깊은 신뢰가 있어야만 가능하다. '너'가 만들어진 세상에서는 흔하게 볼 수 있는 현상이지만, 너 없이 '나'만 있는 세상에서는 기적 같은 일이다. 그러니 누군가를 믿고 살 수 있다는 것은 그 조건만으로도 행복할 수 있다.

　이런 유대감은 어떻게 만들어질까? 애착을 갖고 있는 들쥐와 그렇지 못한 산쥐에 대해 이야기하면서 호르몬에 대한 이야기가 나왔다. 호르몬 작용이 활성화된 들쥐는 새끼와 안정적인 애착 관계를 가지며 동시에 일부일처를 유지하지만, 그렇지 않은 산쥐는 애착이 없는 듯이 행동하였다. 그 애착 호르몬이 옥시토신과 바소프레신이다.

옥시토신과 바소프레신은 포유류만 갖고 있다. 옥시토신은 새끼를 몸 안에서 기르는 포유류가 새끼를 낳을 때 자궁을 수축시키는 작용을 한다. 포유류가 공룡과의 경쟁에서 얻은 전리품인 태반과 자궁은 옥시토신이라는 호르몬 체계도 함께 들여왔고, 그것이 애착의 행동을 가능하게 만들었다.

어미와 새끼 사이에서 분비되던 옥시토신은 다른 관계에도 영향을 미쳤다. 새끼들끼리 연합을 하고, 수컷이 암컷과 함께 새끼를 기르는 등 개체들 간의 유대감이 만들어진 것이다.

사랑은 주기적인 섭취가 필요하다

옥시토신과 바소프레신 같은 사랑의 호르몬이 일정 기간 분비되지 않으면 행복한 느낌은 사라진다. 애착이 소실되기 때문이다. 사랑과 애착은 영양 섭취와 같다. 사랑을 정기적으로, 지속적으로 주고받아야만 그 기능이 발휘된다. 영양이 신체의 건강을 유지시킨다면, 사랑은 마음의 건강을 책임진다. 즉, 감정과 정서를 생생하게 살아 있게 만드는 것이다. 그래서 밥을 먹듯이 규칙적으로 사랑을 받아 들여야만 기분과 마음이 살아 있을 수 있다.

같은 어미에게서 태어난 한 무리의 늑대들은 생활을 같이 한다. 갓 태어난 어린 늑대 형제들은 어미젖을 먹기 위해 경쟁한다. 조류 새끼의 생존 형태와 유사하다. 하지만 늑대 형제들은 자라면서 조류와 달리 형제들과 어울려 놀이를 한다. 어린 늑대들은 어미의 품안에서 같이 자다 어미가 사냥을 나간 동안에는 서로 피부를 맞대고 휴식을 취한다. 반면 새들의 형제는 어미가 가져오는 먹이의 경쟁 상대에만 머물 뿐, 같이 어울리는 놀이의 대상은 아니다.

새끼 늑대들이 느끼는 감정이 바로 안락함이다. 안락함의 비밀은 어미 품에서 함께 자는 데 있다. 품에서 잔다는 행위는 피부와 피부가 맞닿은 상태에서 이루어진다. 새끼는 어미 품에 있을 때 가장 안락하고 평온함을 느끼는 것이다. 그 따뜻한 온기와 아늑함은 인간들도 알고 있다. 모든 인간이 힘들 때 가장 그리워하는 것이 바로 어머니의 안락한 품인 것도 이런 이유 때문이다.
　애착은 안락함의 호르몬, 옥시토신이 뇌에서 얼마나 분비되느냐에 따라 형성된다. 즉, 애착이란 관계를 통해 옥시토신이 '서로 같이 분비되는 관계'라고 할 수 있다.

피부와 피부의 접촉을 통해 옥시토신이 나온다는 것은 몸의 가장 외피인 피부가 다른 개체의 피부와 만나 두 개체를 신체적으로 연결한다는 의미일 수 있다. 두 원핵세포의 세포막이 서로 연결되어 하나의 다세포생물이 되었듯이, 옥시토신과 애착은 다른 개체들을 서로 연결해 하나의 사회를 만드는 것이다.

사랑을 만드는
9개의 단백질 조각

　관계에서 애착을 만들어내는 옥시토신과 바소프레신은 9개의 단백질 조각으로 이루어진 호르몬이다. 암컷에서는 옥시토신이, 수컷에서는 바소프레신이 분비된다. 암수가 구분되기 시작하면서부터 이들 호르몬의 전구체가 존재했다. 곤충이나 달팽이, 뱀 같은 비척추동물은 옥시토신계와 바소프레신계가 구분되지 않는다. 척추동물만 옥시토신계와 바소프레신계로 나누어지며, 종에 따라 각각의 호르몬으로 인해 이루어지는 행위도 다르게 나타난다.

　암컷에게서 분비되는 옥시토신계는 성적 행위, 분만, 수유, 새

끼를 기르는 행위, 짝을 유지하는 행위들과 관련되어 있고, 수컷
에게서 분비되는 바소프레신계는 발기, 사정과 같은 성적 행위
뿐 아니라 영역을 지키는 행위, 공격성 그리고 짝을 유지하는 행
위들과 관련이 있다.

　일반적으로 새끼를 낳지 않은 암컷 쥐는 다른 쥐의 새끼를 공
격한다. 이런 처녀 쥐에 옥시토신을 투여하면 공격 대신 그 새끼
쥐를 돌보는 행위를 한다. 반대로 새끼가 있는 엄마 쥐의 옥시토
신 수치를 떨어뜨리면 자신의 새끼를 돌보지 않는다. 애착이 사
라졌기 때문이다. 호르몬의 작용 정도에 따라 새끼에 대한 애착
의 정도가 달라지는 것이다.

　옥시토신은 수컷과의 안정적인 관계를 유지하는 일부일처와
도 관련이 있다. 수치가 높은 초원 들쥐는 암수가 같이 일부일처
를 한다. 일부일처 행위를 하는 종의 총각 수컷에게 바소프레신
을 투여하면 새끼를 돌보는 아버지의 행위를 하고, 암컷을 외부
의 위협으로부터 지킨다. 하지만 종 자체가 일부일처 행위를 하
지 않는 수컷에게는 바소프레신을 투여해도 새끼를 돌보거나 암
컷을 지키는 행위는 나오지 않는다.

　이러한 사실은 암컷을 지키고 새끼를 키우는 것이 유전적으로

훨씬 상위의 진화된 행위라는 사실을 알려준다. 아내와 자녀를 지키지 않는 남자는 진화의 관점에서 열등한 것이다. 근래 젊은 아버지들이 아이의 양육에 적극적으로 관여하는 것은 바른 진화의 방향으로 가고 있다고 할 수 있다.

진화의 길을 가고 있는 애착 행위

새끼를 낳는 행위에서 시작된 애착 행동은 영역을 지키고 새끼와 암컷을 보호하는 수컷의 행동으로까지 진화했다. 즉, 모성, 부성 그리고 부부애가 다 이들 호르몬과 관련 있는 것이다.

특정 배우자를 선호하는 행위는 보상체계와도 연결되어 있다. 옥시토신 체계나 도파민 체계 중 하나를 억제시키면 배우자에 대한 선호 행위가 만들어지지 않는다. 진화는 특정 배우자를 선호하는 방향으로 진행되어 온 것이다. 옥시토신 수용체의 기능을 마비시키면 들쥐는 후각에 아무런 이상이 없으면서도 짝을 알아보지 못한다. 이 같은 결과는 냄새로 배우자를 인식하는 것 이상의 장치가 짝짓기 과정에 필요하다는 것을 알려준다.

사회를 이루고 집단생활을 하기 위해서는 여러 장치가 필요하다. 인간이 지금과 같은 번영을 이룬 것은 '지능이 좋아지는 것'

처럼 개체가 유능하게 진화되어 가능해진 것만은 아니다. 그보다 더 결정적인 역할을 한 것이 개체 간의 유기적 연합이 가능하게 진화했다는 점이다. 이를 통해 사회를 이룰 수 있었기 때문이다. 사회적 집단을 이룬 것은 개체 간의 단순 연합 그 이상의 기능을 한다.

이러한 연합의 기본 조건은 '애착'을 가능케 한 호르몬의 존재다. 옥시토신과 바소프레신은 인간의 성격, 이타주의적 행동, 신뢰적 행위, 사회적인 결합에 관여해, 다른 사람과의 유기적 연합을 가능케 했다. 유기적 연합은 신뢰감과 협동심이 바탕이 되어야 하며, 이런 신뢰와 협동심은 애착 호르몬이 있어야만 만들어질 수 있다.

나를 믿어,
옥시토신

　인간에게 옥시토신을 투여하면, 상대의 얼굴에서 눈 부위를 바라보는 빈도가 증가한다. 눈 부위의 표정은 인위적으로 꾸밀 수 없기 때문에 감정이 그대로 표현된다. 그러니 눈을 바라본다는 것은 상대의 감정을 알고 싶다는 표현이다. 눈을 바라보는 것 그 자체가 교류가 된다.

　옥시토신은 두 사람 사이의 교류를 촉진시킨다. 앞으로 여성은 옥시토신 수치가 높거나 수치가 높을 것이라고 예상되는 남성을 더 선호할 것이다. 그런 남성들과의 관계가 행복을 더 보장할 수 있기 때문이다.

사랑이라는 관계는 서로 간의 신뢰를 바탕으로 한다. 신뢰할 수 없는 사람을 사랑할 수는 없다. 이런 신뢰감의 형성에도 옥시토신이 관여한다.

가상으로 돈을 투자하는 실험을 했다. 실험을 시작한 후 옥시토신을 투여하면 투자를 권하는 상대를 더 신뢰하게 된다. 옥시토신은 신뢰할 수 있는 사람을 고르는 능력도 증가시킨다. 하지만 신뢰를 보낼 대상이 사람이 아닌 경우에는 달랐다. 돈을 사람이 아닌 시스템에 투자하는 실험에서는 옥시토신을 투여해도 투자 대상에 대한 신뢰도에 아무 변화가 없었다. 옥시토신은 사람과 사람 사이에서의 관계에만 기여하기 때문이다.

배신은 믿는 사람에게 더 당한다

옥시토신이 무조건 긍정적인 결과만 가져오는 것은 아니다. 신뢰하는 사람이 배반하는 실험조건을 만들고 옥시토신을 투여하면, 배반을 당하면서도 투자하는 비율이 높아졌다. 옥시토신의 농도가 높아지면 신뢰하는 정도가 높아지는 만큼 상대적으로 경계를 풀게 된다는 것이다. 믿는 도끼에 발등 찍히고, 사랑하는 사람에게 쉽게 배반당할 수 있는 이유다.

이러한 결과는 옥시토신이 편도체의 활성화를 줄이기 때문이다. 외부의 위험한 상황을 두려움과 공포로 인식해 경계하는 임무를 담당하는 편도체가 옥시토신의 영향으로 위험을 감지하는 기능이 저하되는 것이다.

친밀한 사이에서 경계의 기능이 강하면 사랑의 행위를 할 수 없다. 애착 행위를 하기 위해서는 경계를 풀고 밀착을 해야 하기 때문이다. 연인 사이에는 늘 옥시토신이 일정하게 분비되어 경계가 사라지고, 이로 인해 서로의 은밀한 사생활을 공유하게 되는 것이다. 여자는 믿을 수 있는 사랑의 대상을 원한다. 아무리 매력이 넘치는 남자라도 신뢰가 형성되지 않으면 여자는 친밀한 관계를 허용하지 않는다. 여자의 사랑은 신뢰를 바탕으로 하기 때문이다. 친밀한 관계가 되면 위험할 수 있는 은밀한 사적 공간의 접근을 허용해야 한다. 그래서 여성은 가장 믿을 수 있는 한 남자와의 관계를 선호하는 것이다.

남자를 사랑스럽게 만드는 옥시토신

　남자들의 애착 호르몬은 바소프레신이다. 그런데 신뢰를 높이는 옥시토신과는 달리, 바소프레신의 농도를 증가시키면 남자들은 상대에게 경쟁적이 되고 적대감을 더 느끼게 된다. 바소프레신의 주된 기능이 '영역'을 지키는 것이기 때문이다. 남자들은 여성과의 관계 형성을 하기 위해 자기 영역을 확보하고 이를 지키는 것을 우선시하는데, 이는 곧 다른 남자와 경쟁해야 한다는 것을 의미한다.

　옥시토신은 남자에게도 얼굴 표정을 인식하고 분류하는 능력을 향상시킨다. 다른 사람의 마음 상태를 유추할 수 있는 능력이 커지는 것이다. 따라서 가족의 마음을 잘 읽지 못하는 남자에게 옥시토신을 처방하면 상대를 배려하는 마음을 생기게 할 수 있을 것이다.

SNS(Social Networking Service)를 이용하는 사람들의 옥시토신 혈중 농도를 측정한 연구가 있다. 사랑하는 사람끼리 SNS를 이용하는 순간에는 옥시토신 혈중 농도가 증가했다. 그만큼 애착이 높아지는 것이다. 휴대전화나 SNS로 연인과 자주 연락하는 사람은 서로의 애착 정도를 높게 유지할 수 있고, 그만큼 행복하게 산다는 것을 의미한다. 설령 잘 모르는 사람이라도 페이스북(facebook)으로 연결되었을 때는, 친숙한 사람만큼은 아니지만, 옥시토신의 혈중 농도가 올라갔다.

옥시토신은 사람들의 연결로 분비된다. 친숙하지는 않아도 친구가 될 가능성이 있는 사람들과의 관계 역시 행복을 가져다준다고 믿는 것이다. 편지나 전화 같은 인간과 인간을 연결시켜 주는 통신수단 역시 옥시토신의 수치를 높여준다. 지금은 많이 사라졌지만 편지를 받았을 때 느끼는 행복감도 옥시토신이 높아지기 때문에 느끼는 것이다.

행복한 관계가 행복 호르몬을 만든다

누군가 나와 연결되어 있다는 유대감은 행복감을 느끼게 한다. 인간과 인간을 연결시켜 주는 모든 수단은 이들 호르몬의 수치를 높인다. 직접 얼굴을 맞대고 만나는 것이 가장 강력하지만, 그외에 여러 방법으로 다른 사람과 연결되어 있다는 것만으로도 행복할 수 있다.

옥시토신은 어떤 경우에 분비되는 것일까? 애착은 옥시토신이 분비되어야 만들어진다. 가장 기본적인 포유동물의 피부와 피부가 접촉하는 스킨십과 놀이는 그 자체가 애착 행위다. 애착 행위는 옥시토신을 포함한 애착 호르몬을 분비시킨다. 애착 행위를 하기 위한 호르몬 분비가 바로 애착 행위를 통해 나오는 것이다.

대부분의 여자들이 힘들어 하는 것 중 하나가 남자들이 애착 행위를 잘 하지 않는 것이다. 이러한 차이는 남자들의 몸은 여자만큼 애착 행위를 원하지 않기 때문이다. 여자는 애착 호르몬이 지속적으로 분비되는 상시적 애착 행위를 원하고, 애착 행위가 이루어지는 매 순간이 행복하다. 여자들은 행복한 순간을 만들기 위해 행복한 행위를 하는 것이다. 반면, 경쟁과 싸움 속에 살아가는 남성들은 여기에서 벗어나 평화로운 순간에만 애착을 원한다. 전쟁 상황에서 애착은 불필요하다. 그러니 남자들은 끊임없이 애착 행위를 원하는 여성들이 이해되지 않는 것이다.

미래 사회에는 애착 행위가 적은 남자는 짝을 만들기 어려울 것이다. 여자들이 더 이상 행복을 포기하는 선택을 하지 않을 것이기 때문이다. 지금까지 남자들이 혼자만의 행복을 추구하고 살았다면 이제는 관계에서 행복을 느끼는 방향으로 변화해야 할 것이다. 그것은 절대 어려운 일이 아니다. 눈을 마주치고, 손을 잡고, 대화를 하면 이뤄질 수 있는 것이다. 사랑하는 이와 같이 식사만 해도 옥시토신은 분비된다. 그 행복을 굳이 마다하는 남자라면, 외롭게 살면 된다.

'너'의 존재를 가능하게 하는 뇌

기쁘고 안락한 기분은 몸 상태가 좋고 외부의 위협도 없으면서 동시에 따뜻하고 습기가 적어 쾌적한 환경일 때 느껴진다. 그러다 비라도 올 조짐이 보이면 안락함은 사라지고, 비를 피할 장소를 찾아야 한다. 배가 고프면 먹이를 찾아야 하고, 포식자가 주변에 있으면 불안이 감지된다. 이처럼 감정은 생명을 유지하고 보존하기 위해 쉴 틈 없이 작동하기 때문에 소중한 것이다.

뇌는 신체의 내부 상태를 점검하고 외부 환경을 감시해 그에 따른 감정을 순간순간 만들어낸다. 과거의 경험들이 기억의 형태로 남아 있다가 감정을 만들어낼 때 첨가된다. 안락한 순간과 끔찍한 고통의 순간들도 한데 모여 그 개체의 과거를 형성하기 때문이다.

감정은 심장이 아닌 뇌에서 만들어진다. 그 가운데서도 모든 감정을 만드는 곳은 '변연계'다. 불안과 공포, 두려움과 놀람을 관장하는 편도체, 혐오와 역겨움의 중추인 뇌섬엽 그리고 기억을 담당하는 해마, 신체의 정서반응을 관장하는 시상하부들이 모여 변연계를 이룬다. 변연계는 동물이 세상을 살아가기 위해 그 순간 어떤 행동을 해야 할지 순간적으로 판단한다. 그리고 이러한 개인적인 감정에 덧붙여 '나'와 '너'를 연결시켜 주는 감정의 기능이 추가된다.

너와 연결하는 중심

'나'를 '너'와 연결시켜 주는 애착 호르몬이 분비되는 곳이 바로 변연계다. 변연계는 사회적 동물인 포유동물부터 그 기능이 고도로 발달되기 시작했다. 변연계는 '너'를 인식하기 위해 필요한 기관이다. 기억을 담당하는 해마와 밀접하게 연결되어 있어 감정이 시간을 초월해 존재할 수 있도록 한다. 또한 시상하부와 뇌하수체는 감정을 다양한 신체적인 정서로 표현되게 한다.

감정은 나에게도 중요하지만, 동시에 나의 상태가 어떤지 상대에게 알리는 기능을 담당하기 때문에 중요하다. 불안하면 심장이 떨리고 몸의 잔 움직임이 늘어나고 근육은 경직된다. 얼굴 표정은 기분을 그대로 나타낸다. 화가 나면 얼굴을 찡그리고, 기분이 좋으면 미소를 짓는다. 집단생활을 하는 포유류는 이렇게 감정을 얼굴과 몸의 태도로 표현한다. 감정을 외부로 알리는 것은 서로 간의 '교류'를 원활하게 하기 위함이다.

언어가 만들어지기 전, 포유류는 얼굴과 몸짓으로 자신의 의사를 상대에게 알리고 마음을 전달했다. 이때 전달되는 것이 감정인 것이다. '나'와 많은 '너'가 모여 집단을 이루며 사는 포유류들 간의 결합이 가능한 이유는 이처럼 변연계에서 교류가 가능한 감정을 생산하기 때문이다.

사람 사이에서 나오는
사회적 정서

소프트뱅크 손정의 회장은 2011년 신라호텔에서 있었던 '소프트뱅크 30년 비전'에서, 자신의 팔로어들에게 슬픔과 기쁨의 원천이 무엇인지를 물어 그 답을 찾았다고 말했다.

"인간 행복의 원천은 감동, 고통의 뿌리는 고독이다. 정보혁명을 통해 국경, 인종, 언어는 물론 시간과 공간으로부터 인간을 해방시켜 고독 대신 행복을 느끼게 하는 것이 우리의 비전이다."

120만 명의 팔로어를 갖고 있는 손 회장의 분석은 정확했다.

여기에서 말하는 행복은 고독하지 않은 삶, 즉, 누군가와의 관계를 통한 감동을 말한다. 인간은 이런 관계가 끊어졌을 때 고독을 느낀다. 사회적 정서는 바로 이런 것이다. 인간이 기뻐하고 고통스러워하는 정서는 대부분 사람들과의 관계에서 나오는 사회적 정서다.

하루 종일 굶다가 음식을 구했을 때 나오는 기쁨은 관계가 필요 없는 일차적 정서다. 일차적 정서는 개인의 생존과 안녕을 위해 존재한다.

반면 인간과 인간이 부딪힐 때 나오는 것은 사회적 정서다. 동정, 당혹감, 수치, 자책, 긍지, 질투, 부러움, 감사, 동경, 분노, 경멸, 그리고 그밖에도 셀 수 없을 만큼 많은 사회적 정서가 있다. 명칭을 붙일 수 있는 경우도 있지만, 너무 주관적이어서 객관적인 묘사가 불가능한 경우도 수없이 많다.

사회 유지를 위해 필요한 장치

인간은 매일 매일의 삶에서 수없이 많은 사회적 정서를 느끼고 산다. 그렇게 사회적 정서가 많이 필요한 이유는 무엇일까?

일차적 정서가 개인과 외부세계와의 관계에서 개인의 생존을 위해 발생하는 것이라면, 사회적 정서는 개인과 사회와의 관계에서 개인이 사회에 적응하기 위해 필요한 정서다.

사회적 정서는 궁극적으로 사회가 원활하게 돌아가기 위해 필요한 장치다. 집단생활을 하는 동물들도 사회적 정서를 통해 사회 질서를 유지한다. 서열이 낮은 동물은 서열이 높은 동물에게 복종해야 한다. 이를 어기면 그에 합당한 조치를 당한다. 이때 당사자인 두 동물의 마음 상태에 나타난 정서가 사회적 정서다. 서열이 높으면 분노를 느끼고, 서열이 낮으면 두려움의 정서를 가질 것이다. 인간 사회는 이보다 훨씬 정교한 사회적 정서가 필요하다. 개인적인 정서가 서로 충돌할 때 이를 조정하는 역할이 각자의 마음에 존재하는데, 이것이 사회적 정서다.

아무리 배가 고파도 그 물건이 다른 사람의 것이라면 먹고 싶은 마음[일차적 정서]보다는 남의 것을 훔치면 나쁘다는 죄책감[사회적 정서]에 의해 음식을 먹는 행위는 자제된다. 마주오던 차가 좌회전을 하기 위해서 좌회전 깜빡이를 켜면, 직진하던 차는 이 신호를 보고 차를 멈춘다. 그런데 이런 사회 질서를 어기고 신호를 보내지 않고 좌회전을 하거나 신호를 보고도 멈추지 않고 직진을 하면 엄청난 사고가 일어날 수 있다.

규칙을 지켜야만 교통질서라는 사회 질서가 유지되기에, 사회

질서는 개인의 삶에 우선한다. 그리고 그 질서에서 어긋나면 마음의 제제를 받는다. 정서는 상대에게 자신의 입장을 알려 서로가 원활하게 교류하기 위해 필요한 기능을 한다. 동시에 사회 질서를 어기는 행동을 하면 자신의 의지와는 관계없이 죄책감이 생기고, 잘못한 자신에 대한 자책감으로 괴로워하게 된다. 반면 자랑스러운 일—사회에 긍정적인 결과를 주는 일—을 하면 뿌듯함이라는 보상이 주어진다.

정서는 주변 사람들이 알 수 있게 얼굴 표정이나 몸짓, 말투에 배어 나온다. 그리고 사회에 부정적인 행위에는 고통스런 정서가, 긍정적인 행위에는 기분 좋은 정서가 보상이 되는 것이다.

마음의
통증

　사회적 정서가 제 기능을 발휘하기 위해서는 마음에 통증이 있어야 한다. 마음의 통증은 사회 질서에 손상이 오는 경우 출현한다. 사회 질서 손상에 의한 통증은 두 경로로 출현한다. 다른 사람[너]이 질서를 어기면 분노의 형태로 나오고, 내가 질서를 어기면 자책의 형태로 나온다. 너든 나든 사회 질서를 어기면 나의 마음에 통증이 오게 되어 있는 것이다.

　정도의 차이는 있지만, 교통질서를 어긴 사람은 미안한 마음을 자동으로 갖게 된다. 교차로에서 꼬리 물기 차량 때문에 내 차가 막혔다면 화가 나지만, 내 차가 다른 사람의 차량을 막는 꼬리 물기를 하고 있다면, 지나가는 운전자가 혹시 내 얼굴을 볼까 봐 고개를 숙이거나 창피한 마음이 든다.

다른 사람에게 해를 입히거나 실수를 했다면 마음의 통증이 활성화된다. 항상 이해관계가 충돌할 수밖에 없는 사회생활에서 겪는 이러한 마음의 통증은 생각보다 자주 출현한다. 잘못을 자책하고 누군가의 지적에 고통스러워한다. 다른 사람을 화나게 했다면 그 사람의 얼굴을 보는 것만으로도 고통스럽다.

과잉으로 활성화된 사회적 정서 때문에 특별히 잘못한 일이 없을 때도 고통을 받는 사람이 있다. 거절을 잘 못하는 사람은 거절해야 하는 상황이 되면 통증이 나타나고, 거절하지 않아 자신에게 문제가 발생하는데도 거절하면 상대가 나를 비난할지 모른다는 두려움에 더 큰 아픔을 겪는다. 그 통증이 너무 커서 피하느라 자신이 손해를 본다는 사실을 뻔히 알면서도 돈을 꿔 주고 또 보증을 선다.

지난번 보증으로 이미 집은 압류 당한 상태다. 아내는 한 번만 더 보증을 서면 이혼하겠다는 선언을 했다. 그런데 이혼하고 혼자 사는 가장 친한 고교 동창에게 연락이 왔다. 아이가 급하게 백혈병으로 입원해야 하는데 300만 원만 빌려 달라는 것이다. 돈을 빌려 주면 아내는 이혼을 요구할 것이다. 그런데도 거절하지 못한다. 거절의 말은 생각조차 할 수 없다. 빌려 주고 싶어서가 아니라 죽어도 거절하지 못하기 때문에 카드 대출을 신청한다.

마음의 통증이 극단적인 방법인 자살을 선택하게 하기도 한다. 인기 연예인이 악플에 시달리다가 스스로 목숨을 끊는 경우를 생각해보자. 비록 네티즌들의 비난이 악의적이라는 사실이 명백해도, 나를 그렇게 보는 사람이 있다는 사실 그 자체를 견뎌내기 어려운 것이다. 나와 아무 관계가 없는 사람들이 하는 비난이, 나의 마음을 찢어지게 아프게 만든다.

개인적인 욕구가 사회적 정서를 압도하는 경우도 있다. 충동을 억제하지 못하는 것이다. 그리곤 그 충동을 제어하지 못한 자신을 다시 자책한다. 마음의 아픔이 경우에 따라 달리 적용되는 것이다. 어떤 질서는 지키지 않아도 아픔이 없지만, 어떤 관계에서는 절대로 그 아픔을 이겨내지 못하고 일을 벌이게 된다.

남편에게 솔직히 말했다면 쇼핑중독에서 빠져 나올 수도 있었다. 남편은 말이 통하는 사람이기 때문이다. 하지만 부인은 말하지 못했고, 감당할 수 없는 빚에 몰려 결국 이혼의 길로 가고 말았다.

잘못을 고백하는 것만큼 어려운 일은 없다. 내가 잘못한 점을 고백할 때 상대 얼굴에 나타나는 비난의 표정을 견딜 수 없기 때문이다. 그것이 너무나 아파 결국은 고백하지 못한다. 나를 비난하는 표정을 보는 순간 대상피질에서 극심한 통증 반응이 나오기 때문이다. 마음으로 느끼는 경우도 신체에서 느끼는 통증과 똑같은 부위에서 통증을 감지하는 것이 과학적으로 증명되었다.

마음의 흐름,
느낌

감정은 정서와 느낌으로 나눌 수 있다. 정서는 '광범위한 의미의 행위'다. 행위란 눈에 보이는 것이다. 전기 생리적 변화처럼 신체적으로 나타나는 경우도 포함된다. 얼굴 표정이나 목소리, 특정 행동을 할 때 드러나는 정서는 외부에서 관찰이 가능하다. 호르몬을 분석하거나 전기 생리학적 파동을 측정하면 수치상의 변화가 있다는 것을 알 수 있다. 공포를 느끼는 동물은 심장 박동이 올라가고 숨을 가쁘게 쉰다. 동시에 스트레스 호르몬인 에피네프린 수치가 상승한다. 이처럼 정서는 밖으로 드러나는 객관적인 영역에 존재한다.

보이는 것이 정서라면 마음에서 비롯되어 나만이 느낄 수 있는 감정이 있다. '느낌'이라고 부르는 이 감정은 정서에 비해 사적이라고 할 수 있다. 마음의 영역에서 일어나는 느낌은 주관적이다. 이같은 느낌은 느낌의 주체자만이 알 수 있고, 타자는 그 느낌을 단순히 유추할 수 있을 뿐이다.

빙산의 보이는 부분이 정서라면 물밑에 감춰진 거대한 몸통이 바로 느낌이다. 느낌은 정서를 포함한, 거대하고 통합적인 마음의 흐름이다. 슬프면 표정이 어둡고 말소리가 느려지고 심장 박동도 줄어든다. 이것이 정서다. 반면 느낌은 그 시점에 그 사람의 내면에 있는 모든 것이다.

내면에 존재하는 흐름

사랑하는 사람과 헤어지면 마음이 아프지만, 힘들었기에 헤어지길 잘했다는 생각도 든다. 여기에 다시 또 이런 슬픔이 반복될 것 같은 무거운 마음까지 든다. 이 모든 걸 포함한 하나의 '느낌'이 존재한다.

신체 상황과 환경과의 관계를 나타내는 배경정서 위에 개인적 감정인 일차적 정서가 덧붙여지고, 그 위에 사람들과의 관계에서 비롯되는 사회적 정서가 겹쳐진다. 이 모든 것이 합쳐져서 한 순간의 '느낌'이 되는 것이다.

이 느낌을 주도하는 것은 무엇일까? 아직은 무엇을 느낄 때 뇌의 어느 부위가 정확히 어디까지 관여하는지 세세하게 알려져 있지는 않다. 하지만 어떤 느낌을 가질 때 어느 부위가 광범위하게 활성화되는지는 자기공명으로 촬영이 가능하다. 역겨움을 느끼면 뇌섬엽이 활성화되고, 분노를 느끼면 편도체가 활성화된다.

지금까지 슬픔과 기쁨을 과학적으로 설명할 수는 없었다. 사랑과 증오, 애절함과 같이 문학, 영화, 드라마 그리고 연극에서 묘사되었던 이런 감정들은 객관적일 수 없다고 생각해 왔다.

'오늘은 몸 상태가 묘하게 찌뿌듯하다.'
'저 그림은 난해한 매력이 있어.'
'저 사람은 이유 없이 미워.'

이런 '느낌'은 과학적 연구 대상이 아니었다. '어떤 사람에게 매력을 느끼는가?'와 같이 결과를 연구할 수는 있었지만, '어째서 그 사람에게 매력을 느끼는가?'는 규명하기가 쉽지 않았다.

하지만 최근 과학의 발달로 인해, 감정과 함께, '느낌'이라는 인간의 마음을 영상으로 찍어낼 수 있게 되었다. 우울처럼 '어떤 상황에 대한 결과'로 출현하는 것으로 생각되었던 감정이, 앞서 기술한 대로, 실제로는 '행위를 일으키기 위해 존재한다'는 것도 증명했다.

'마음이 아픈 것'은 결과지만, 이 아픈 마음은 아프지 않은 마음 상태로 가기 위한 행위를 하기 위해 존재한다는 것이다.

느낌과 기분,
인간을 결정하다

　우리는 삶의 매순간마다 감정을 느끼며 산다. 그렇다면 매순간 느끼는 이 '느낌'은 무슨 의미가 있을까?

　'무엇을 하고 싶다.'
　'지금 마음이 우울하다.'
　'지루하다.'
　'당장 커피를 마시고 싶다.'

　이런 마음들은 모두 '느낌'이라고 할 수 있다. 생명체의 생존에 필수적인 이 느낌은 행위를 하도록 유도하고, 바로 그 행위가 생명체 생존과 안녕에 가장 절대적으로 필요한 것이라고 했다. 그 행위를 하고 싶은 마음을 '기분'이라고 할 수 있다. 인간에게 기분은 총체적으로 다음에 해야 할 행위의 목표를 정한다.

쉬고 싶은 기분이 들면 쉬는 행위를 한다. 불현듯 어딘가 훌쩍 떠나고 싶은 기분이 드는 날이 있다. 그건 일에 지쳐 휴식을 취하거나 새로운 것을 하기 위한 재충전을 위해, 또는 새로운 각오로 일을 하고 싶을 때 드는 기분이다. 하지만 우린 그 기분을 무시하고 사는 경우가 많다. 그렇지 않으면 '하고 싶은 대로 다 하면서 어떻게 사냐!'라는 말을 들을 수 있다.

하고 싶은 기분은 충동과 욕구에 의해 일어나는 경우가 많다. 이 때문에 성적인 충동, 도박을 하고 싶은 충동, 게임을 하고 싶은 충동 등과 같이 본능적이고 원초적인 충동에 의한 행동이 많이 출현한다. 이러한 원초적인 충동은 그보다 고차원적인 '기분'이 충족되지 않았기 때문에 댐이 폭발하듯 나오기도 한다. 즉, '하고 싶은 마음'이 존중되었다면 그보다 하위에 있던 충동들은 나오지 않았을 수도 있다.

하고 싶은 기분을 충족시켜라

인류는 진화과정에서 이러한 충동을 억제함으로써 이성이라는 강력한 자아를 얻게 된다. 먹고 싶은 씨앗을 남겨두었다가 다음해에 심어 많은 수확을 하게 된 것이 농업의 시작이다. 마찬가지로 현대 인류는 당장의 충동에 의해 행동이 좌우되지는 않는다. 충동을 제어할 전전두엽이 발달되어 있기 때문이다. 인간의 기분은 원천적이고 본능적인 영역인 변연계에서 나온 감정을 전전두엽이 제어함으로 완성된다. 프로이트적으로 말하면, 인간의 기분은 이드(id)와 자아〔ego〕 그리고 초자아〔superego〕의 모든 검열을 거친 후에 통합적으로 나오는 행위의 지침인 것이다.

감정과 이성이 합작하여 무언가를 하고 싶은 기분이 탄생한다. 그리고 무언가를 하고 싶다는 기분이 들면, 그것이 현실성이 있는지 이성의 힘으로 다시 검열을 시행한다. 이때 실현 가능성이 없다면 확신은 약화되고, 해야 할 당위성에 대해 자신이 없어한다. 물론 미래를 예측하는 기분이 정확히 미래를 반영한다고할 수는 없지만, 그 개체의 뇌가 가장 가능성이 높은 것을 선택한 후에야 하고 싶은 '기분'이 만들어지기에 가장 높은 확률의 미래를 예측한다고 볼 수 있다.

기분은 그 일을 진행하고 싶은 내 마음까지 예측한다. 내가 그 일을 얼마나 잘할 수 있느냐 하는 판단과 함께 내 뇌가 그 일을 하면 가장 행복할 것이라는 예측을 동시에 하는 것이다. 그 일을 할 때 내가 가장 행복하다는 것은 내가 아니면 누구도 예측할 수 없는 영역이다.

사실 세상은 밖으로 노출되지 않았던 개인의 기분에 의해 지배되어 왔다. 알렉산더 대왕이 타국과의 전쟁을 시작하였을 때도, 마젤란이 위험한 항해를 시작했을 때도, 가장 필요했던 것은 하고 싶은 '마음'이었다. '하고 싶다'는 기분이 행동하게 했고, 그것이 놀라운 결과를 낳은 것이다.

전쟁의 결과를 정확하게 시뮬레이션해 보거나 항해의 위협을 과학적으로 분석했던 것도 아니다. 지금도 많은 사업가들이 자신의 육감적인 예측을 믿고 할 일을 결정한다. 그 육감적인 예측이야말로 바로 '하고 싶다'는 기분이다. 하지만 대부분의 경우, 개인의 삶에서 하고 싶은 '기분'은 그다지 존중받지 못한다. 대체로 철없는 본능이나 유치한 충동 정도로 취급받는다. 사실 알고 보면 세상에서 가장 정교한 뇌의 가장 최고급 영역에서 통합적으로 결정한 것인데도 말이다.

느낌과 기분의 조정자, 전전두엽

　우리가 '하고 싶다'고 느끼는 기분은 어떻게 조절되는가? 뇌의 밑바닥에 위치한 파충류의 뇌인 뇌간과 중뇌가 생명 유지와 쾌감을 담당하는 반면 변연계는 기억과 감정을 만들어낸다. 또한 시상하부가 호르몬을 통한 생리조절을 해 시상에 이 모든 정보들을 모이게 한다면 대뇌피질은 운동과 감각을 관장한다. 그리고 이 위에 전전두엽이 있어 이성적인 행동을 하고, 감정을 순화시키고, 대인관계가 가능하도록 하는 것이다.

　따라서 전전두엽은 인간으로 하여금 사회생활을 가능하게 한다. 의식을 통해 주의 집중이 일어나게 하고 '나'라는 자기 인식이 있게 하면서 '너'와의 상호교감과 다른 사람들과의 사회적 인간관계를 가능하게 하는 것이 전전두엽의 가장 안쪽에 있는 내측 전전두엽이다.

누군가와 관계를 가지려면, '나'라는 의식이 먼저 생겨야 한다. 일단 관계가 맺어지면, 변연계에서 만들어진 초기 감정의 목표를 훼손시키지 않으면서 외부와 문제가 발생하지 않도록 조정하고, 그에 따른 도덕적 판단을 하는 것이 아래쪽에 위치한 복내측 전전두엽이다. 이곳은 위험한 감정은 순화시키고 다른 사람들과의 관계가 원활하게 작동될 수 있도록 교정하는 작용을 한다. 그래서 복내측 전전두엽을 '절제의 중추'라고 한다.

외견상 가장 중요한 것은 이성을 관장하는 인지의 중추인 외배측 전전두엽이다. 이마의 표면 가까이 위치하며 앞으로 해야 할 일을 이성적으로 기획하고, 문제가 생기면 집중해서 해결하고, 객관적인 지표를 가지고 가장 효율적인 판단을 내린다. '이성과 인지의 중추'인 것이다.

인간의 정신세계를 관장하는 전전두엽

사회생활과 관련된 일이 발생하면 내측 전전두엽이 활성화된다. 친구를 생각하게 하면서 자기공명촬영을 했을 때 상호교감의 중추인 내측 전전두엽이 활성화되면서 쾌감의 중추인 측핵이 동시에 활성화되는 것을 볼 수 있다. 친구를 만나는 것이 인간을 얼마나 행복하게 만드는가를 단적으로 보여주는 것이다. 직장에서 가까이 하고 싶은 동료를 생각할 때도 마찬가지다. 가까이 하고 싶은 동료란 친구와 마찬가지로 나에게 행복을 주는 사람인 것이다. 한편 증오감이 생기는 사람을 떠올리면 내측 전전두엽과 함께 혐오감의 중추인 뇌섬엽이 활성화되었다.

상호관계에서 정서와 관련 있을 때는 내측 전전두엽이 활성화되는데, 시기심을 가질 때나 왕따를 당할 때도 같은 결과가 나타난다. 사람과의 관계에서 마음의 통증을 느낄 때도 예외 없이 내측 전전두엽이 활성화된다. 이처럼 내측 전전두엽은 인간관계가 잘 이뤄지는지를 결정한다.

이타적 행위를 할 때는 정서와 인지의 상호작용에 관여하는 외배측 전전두엽이 활성화되고, 쾌감의 중추인 측핵이 동시에 활성화되었다. 옳은 행동을 할 때 스스로 뿌듯함을 느끼는 이유가 이 때문이다. 인간은 이타적 행위를 하면 보상을 받도록 뇌가 진화된 것이다. 이타적 행위가 사회를 유지하는 순기능을 하기 때문이다.

전전두엽은 인간관계를 가능하게 하고, 도덕적 판단과 이성과 인지를 통해 인간의 높은 정신세계를 가능하게 한다. 전전두엽의 조정을 거치기 때문에 무엇을 하고 싶다는 기분은 이성의 판단이 덧붙여지고, 과거를 포함한 나에 대한 인식이 첨가되어 '세련된 조정을 거친 나의 순간 목표'가 될 수 있는 것이다.

너를 나에게 강제로
복제하는 거울신경세포

　포유류의 애착 호르몬은 '나'와 '너'와의 관계를 형성하고, 이렇게 만들어진 애착은 서로 간의 신뢰를 형성해 더욱 믿을 수 있는 관계로 나아가게 한다. 나와 너를 점점 더 근접시키는 것이다. 여기서 더 나아가 영장류의 뇌는 상대를 바라보는 것만으로도 상대의 행위를 자신의 뇌에 복제시킨다.

　1990년대 초 이탈리아 파르마 대학에서 원숭이의 손을 연구하다가 이상한 현상을 발견했다. 손을 쓰고 있지 않은 원숭이의 손 운동 뇌 전두엽 영역이 발화하고 있다는 신호음이 들린 것이다. 처음에는 단순히 기계 오류인 줄 알았지만 이런 현상이 여러 차례 반복되었다. 당시에는 운동을 관장하는 전두엽이, 아무 움직임이 없는데도 발화한다는 것은 과학적으로 설명할 수 없는 현상이었다. 결국 다른 원숭이의 손 움직임을 바라만 보아도 해당 뇌 운동 영역이 발화된다는 새로운 사실을 확인하게 되었다. 뇌 과학 교과서를 수정해야 할 정도로 중대한 발견이었다.

보는 행위, 즉, 실제로 내가 행하지 않고 단지 상대의 행동을 보는 것만으로는 뇌 운동 영역이 활성화되지 않아야 한다. 운동은 전두엽이 관장하고 감각은 두정엽이 관장하는데, 두 부위는 전혀 다른 기능을 수행하기 때문이다. 그런데 상대의 움직임을 보는 상황만으로 나의 운동이 일어나는 것과 같은 현상이 일어난 것이다. 도대체 이것은 어떤 기능을 하기 위한 것일까?

상대를 복제하는 뇌의 습관
원숭이에 대한 다른 이야기를 살펴보자.

발리 섬에 여행을 갔을 때다. 인도네시아는 이슬람을 믿는 최대의 국가이지만, 발리 섬은 힌두교를 믿는 사람들이 더 많다. 때문에 발리 섬에는 바닷가 근처에 지어 놓은 아름다운 힌두 사원이 많이 있다. 그 중 짐바란 지역의 한 힌두 사원은 70미터나 되는 절벽 위에 자리 잡고 있다. 11세기에 지어졌다는 이곳은 바다의 여신을 모시는 울루와뚜 사원이다. 그런데 이 사원으로 올라가는 산책로에서 사람들은 곤경을 당하기 일쑤다. 자연 상태에서 방목하는 원숭이들 때문이다. 이 원숭이들은 관광객이 쓰고 있는 안경이나 모자를 순식간에 빼앗아간다. 원숭이를 조심하라는 가이드의 경고에 사람들이 안경이나 모자를 손으로 잡고 가다 보면 오히려 더 공격을 당하곤 한다.

조심하려고 손으로 쥐고 가는 것이 오히려 공격을 야기하는 원인이 된 것이다. 원숭이는 사람들이 손을 꽉 쥐고 있으면 손 안에 무언가를 갖고 있다고 생각해서 공격행동을 한다. 그러니 중요한 물건은 손으로 잡아 감추지 말고 미리 가방 안에 넣은 뒤 손을 펴야 공격으로부터 자유로워질 수 있다.

원숭이는 상대의 손을 보게 되면 자동적으로 상대방 손의 행동을 자기 뇌에 그대로 복제한다. 그런 다음 상대의 행위가 무엇을 함포하고 있는지 읽어내는 것이다. 상대의 행위를 뇌에 복제를 하는 이유는 바로 상대방의 의도를 파악하기 위함인 것이다.

'너는 손을 뒤로 감추었어. 손을 뒤로 감추는 것은 바나나를 숨기기 위한 것이야. 그러니까 너는 바나나를 감추고 있는 거야.'

뇌의 복제 기능은 상대의 손의 움직임이 어떤 의미인지를 자동으로 알게 한다. 이런 복제 능력을 가진 전두엽 운동 영역의 특정 세포를 '거울신경세포'라고 한다.

거울에 비춰지는 것처럼 보이는 것을 복제하기 때문에 이런 명칭이 붙었다. 학자들 가운데는 거울신경세포의 발견이 DNA의 발견에 필적할 수 있다고 주장하기도 한다. 그만큼 생존과 진화에서의 역할이 크기 때문이다.

의도 알기와
교류

　포유류 중에서도 특히 원숭이는 행위를 잘 따라하는 동물로 알려져 있지만, 실제로 모방을 하지는 못한다. 예를 들어 일본원숭이는 감자를 씻어 먹는다. 이를 모방할 수 있다면 '감자 씻어 먹기'는 집단 내의 모든 원숭이들에게 순식간에 퍼져야 한다. 하지만 그렇지 않다. 모방의 능력을 갖고 있지 않기 때문이다.

　모방은 따라하는 것만으로는 이뤄지지 않는다. 새로운 그 행위를 습득할 수 있어야만 가능하다. 원숭이의 거울신경세포 기능은 행위의 습득인 '모방'이 아닌, 상대의 '의도'를 아는 것만이 목적이다. 모방을 하기 위해서는 뇌가 더 진화해야 한다. 원숭이 사회에서는 '배울 가치가 있는 중요한 행위'가 그렇게 많지 않다. 모방의 능력이 없어도 사는 데 큰 문제가 없는 것이다.

집단생활을 하기 위해 먼저 필요한 것은 행위의 습득보다는 구성원인 상대의 의도를 아는 것이다. 같이 지내고, 잘 지내기 위해서는 서로를 알아야 한다. 동료의 행위를 복제해 상대의 의도를 알려는 것은 서로 간의 연결과 교류에 필요하기 때문이다. 그렇게 서로를 많이 복제한 사이는 '우리'로 인식된다.

서로 모방하라

원숭이와 달리 인간은 문화를 빠르게 발전시켜 왔다. 도구와 언어를 사용하는 인간은 새로운 행위를 습득하지 못하면 사회 적응이 불가능하다. 안타깝게도 이 행위들은 유전되지는 않는다. 그래서 도구 사용과 언어 습득은 태어난 후 후천적으로 배워야만 획득할 수 있다.

인간은 삶에 유용한 행위를 끊임없이 습득해 왔으며, 더 나은 기술을 습득하는 것이 경쟁에서 살아남는 관건이 되었다. 그러니 인간에게 모방의 능력이 없으면 생존 자체가 불가능하다. 모방이야말로 새로운 행위를 습득하는 것이기 때문이다.

모방의 첫걸음은 타인의 행위를 따라하는 것이다. 1970년대 초 태어난 지 얼마 되지 않은 아기들이 엄마의 행동을 따라한다는 사실이 발견되었다. 태어나자마자 엄마를 따라하는 능력이 있다는 사실은 모방 능력이 유전된다는 것을 알려준다.

인간의 거울신경세포는 아기의 표정과 아기가 하는 행동을 엄마가 무의식적으로 따라하게 한다. 그리고 아기를 따라하는 엄마의 얼굴 표정이 다시 아기의 거울신경세포를 자극한다. 아기는 엄마를 통해, 엄마의 표정에 나타나는 자기 자신의 표정을 다시 복제하는 것이다. 이런 과정을 거치면서 원래는 아기의 표정이었던 엄마의 표정과 아이의 두 표정이 일치하게 된다.

아기와 엄마의 상호 모방은 불안정한 아기의 거울신경세포를 성장시킨다. 모방을 통해 한 인간이 습득한 새로운 행동은 다른 인간에게 전달되고, 새로 습득되는 행위가 많아지면서 인간의 문명이 탄생되는 것이다. 이것이 가능해진 것은 인간 거울신경세포의 진화 덕분이다.

모든 인간이 보유하고 있는 지식의 대부분은 나 이외의 타인의 것이다. 개인이 새로 탄생시킨 지식은 극히 일부로, 거의 없다고 해도 과언이 아니다. 역사의 지식과 함께 과거의 선조로부터 전해 내려와 현재 나의 부모에게 전달된 삶의 방식을 포함하여, 나를 가르친 여러 스승과 또 현재 내가 접촉하는 수없이 많은 사람들 지식을 얼마나 많이 배워 자기 것으로 만드느냐가 그 사람의 경쟁력이다.

'너'의 것이 없는 '나'는 존재하지 않는다. 결국 나는 '너'가 있기에 존재한다. 그 '너'는 현재의 나와는 아무 관련이 없는, 내가 모르는 수많은 '너'로부터 나와 관련을 맺는 소수의 '너'에 이르기까지 다양하게 이뤄진다. 그런 '너'가 모여 '나'를 만드는 것이다. 나는 나와 관련을 맺는 수많은 '너'의 반영인 것이다.

더 사랑하려면
상대와 똑같이 행동하라

   어린아이와 마주보고 나의 행위를 따라 하라고 하면 재미있는
결과가 나온다. 오른손을 들고 따라 하라고 하면 어린아이일수
록 왼손을 든다. 이는 거울을 바라보면서 하는 행동과 같다. 아
이들 관점에서는 그것이 따라하는 것이다. 반면 조금 더 큰 아이
들은 어른들처럼 '오른손'을 든다. 어린아이들은 거울신경세포
가 복제하는 것과 같은 행위를 한다. 왼손을 들고 따라하라면 거
울에 비치듯이 오른손을 들게 된다. 따라하기에 관여하는 거울
신경세포는 '목적'이 우선이지, 어느 손을 드는가가 중요하지는
않기 때문이다.

오래 사랑하는 부부는 표정이 닮아 간다. 서로의 표정을 장기간 상호 복제했기 때문이다. 연인도 마찬가지다. 상대의 표정을 따라하게 되면 사랑하는 사람에게서 내 표정을 발견하게 되는 것이다.

연인 사이에서 상대의 표정을 따라하면 두 사람의 애착은 더커진다. 성인들도 자연스럽게 표정을 따라하고 그에 맞는 반응을 한다면, 거울신경세포의 활성화가 커지면서 결속력과 애착이 강해져 더 큰 행복감을 맛볼 수 있게 된다. 연인과 친밀해지기를 원한다면 세련되게 따라하는 것이 좋은 방법이다.

마찬가지로 친구와 친해지고 싶다면, 친구의 멋진 태도와 표정을 따라하는 것도 좋다. 그러다 보면 무의식적으로 그 친구와의 유대감이 높아질 것이다. 단, 친구를 놀리기 위해 따라하는 것으로 오인되지 않도록 조심해야 한다.

상대의 의도를 정확히 알 수는 없다

행위를 복사하는 인간의 거울신경세포는 전두엽과 두정엽에 있다. 성인은 누군가가 물체를 움직이면 그 물체를 다시 어디에 놓을지 예측할 수 있다. 하지만, 6개월 된 아기는 장난감이 어디에 놓일지 예측하지 못한다. 반면 1세 이상이 되면 성인처럼 장난감이 어디로 움직일지 예측해 그 방향을 응시한다. 거울신경세포가 성숙해지면서 다른 사람의 행위를 예측하는 방법을 학습하는 것이다.

상대를 복제하는 행위에 의도가 있는지, 없는지를 알아보기 위해 자기공명촬영(fMRI)을 해보았다. 두 개의 와인 잔에 와인을 따르는 상황을 보도록 하는 실험이었는데, 첫 번째 잔에는 와인을 정확히 따르고, 두 번째 잔에는 잔 주위로 흘리며 대충 붓게 했다. 두 경우 모두 거울신경세포가 활성화되었는데, 와인을 정확하게 따르려는 의도가 뚜렷한 상황을 볼 경우에만 활성화되는 영역이 있었다. 바로 우측 측두-두정 경계(right temporo-parietal junction)였다. 반면 의도가 없는 행위를 볼 때는 거울신경세포와 공간과 시간을 관여하는 뇌 영역만 활성화되었다.

우측 측두-두정 경계는 의식을 집중할 때 활성화된다. 원숭이들이 익힌 거울신경세포를 통한 '자동화된 상대의 의도 알아채기'에 인간은 '의식'의 영역을 관여시켜, 더 정교하게 상대의 의도를 알게 되었다. '너'의 의도를 정교하게 알아채기 위해서는 거울신경세포만으로 불가능하기 때문에 인간 뇌에는 의식 집중 기능을 첨가시킨 것이다. 의도가 있는 행위에는 의식을 집중시키고, 그렇지 않은 행위는 의식이 관여를 하지 않는 것이다.

의식의 영역에서 교정한다 해도 상대의 의도를 아는 것에 결정적인 기여를 하는 것은 거울신경세포다. 살면서 '너'의 의도를 추정하는 경우는 많다. 배우자의 의도를 안다고 단정하는 것도 거울신경세포로 배우자의 행위를 복제할 수 있기에 그 의도를 알 수 있게 된 것이다. 그러나 사실 그 의도를 단정지을 수는 없다. 상대를 복제한 그 행위를 '내'가 한다면 어떤 의도를 가질 것이라고 나를 통해 추정하는 것이지, 배우자의 진정한 의도를 직접 안 것은 아니기 때문이다.

　인간은 상대의 의도를 파악하는 데 있어 다른 동물과 비교할 수 없는 탁월한 능력을 갖고 있다. 그렇다고 상대의 의도를 안다고 단정하는 것은 위험하다. 인간은 단지 상대의 의도를 아주 근접하게 알 수 있는 방법을 갖고 있는 것이다. 사람들은 말한다.

"네가 그런 행동을 하는 것은 나를 우습게 보기 때문이다."
"그 사람은 바람피우는 게 분명해요. 하는 행동을 보면 몰라요? 수십 년을 같이 살았는데…."

　하지만 우리는 절대 잊지 말아야 한다. 행동으로 유추하는 상대의 의도는, 그의 의도가 아닌 내가 그 행동을 했을 때의 '나의 의도'일 확률이 높다는 사실 말이다.

공감은 관계를
긍정으로 이끈다

아이들은 10세가 되면 거울신경계, 뇌섬엽, 변연계의 성숙이 성인과 같아진다. 특히 공감을 잘하는 아이일수록 다른 사람과의 교류에서 거울신경세포가 더 많이 발화한다. 대인관계의 역량은 상대의 표정을 모방하는 거울신경세포의 활동과 상관관계가 있다. 다른 사람의 감정을 공공연히 모방하면 거울신경세포는 더 많이 활성화된다.

다른 사람의 정서 변화에 무표정하게 대하는 경우보다, 그 표정에 따라 반응하면서 상대의 감정표현을 받아들이는 경우에 거울신경세포가 더 많이 발화하는 것이다. 사람들이 무의식적으로 서로를 모방하는 흉내 내기가 사회 작용의 주요한 축이 될 수 있음을 알 수 있다.

상대가 기뻐하는 얼굴을 볼 때 같이 그 표정을 지어주면, 무표정한 경우보다 관계에 훨씬 긍정적인 영향을 준다. 사람 사이에 감정의 공명현상이 있으면 그 관계는 더더욱 공고해지기 때문이다. 공명현상이 일어나면 행복과 안정의 호르몬이 더 많이 분출되어 행복을 느끼게 된다. 우린 같은 편이고 마음이 같이 움직이는 것, 그것이 사랑이기 때문이다.

이제 겨우 기어 다니기 시작하는 어린아이를 반은 불투명하고 나머지 반은 투명한 유리로 만들어진 긴 탁자 위로 지나가게 한다. 아이는 엄마가 부르면 기어오기 시작하는데, 바닥이 불투명한 곳은 서슴없이 오다가 투명한 곳에 다다르면 순간 멈칫 한다. 떨어질 것 같은 위험을 느꼈기 때문이다. 순간 아이는 엄마를 바라본다. 이때 엄마가 웃으며 오라고 손짓을 하면, 떨어질 것이라고 생각했던 밑이 훤히 보이는 유리 위를 자신 있게 기어가 엄마 품에 안긴다.

아이는 투명한 유리가 무엇인지 모른다. 본능적으로 떨어질 것 같은 위험을 감지해 멈추지만, 엄마의 편안한 태도가 아기의 본능을 달래주는 것이다. 엄마가 짓는 표정에 따라 아이의 인식이 달라지는 것이다. 한 살 미만의 아이도 엄마의 표정을 정확히 읽고 그 뜻을 알아차린다는 뜻이다.

엄마와 아이 사이에는 쉬지 않고 교감이 이뤄진다. 그것도 정확한 정보를 주고받으면서 말이다. 그 정교함을 아기는 본능적으로 믿는다. 그것은 엄마와의 실체적인 뇌 교류가 있기 때문에 가능한 것이다. 이처럼 엄마와 아이의 뇌를 서로 연결해 교감을 통하게 하고 관장하는 기관이 변연계다.

혼자는 살아갈 수 없는 인간

변연계 공명은 《A General theory of Love》라는 책에서 세 명의 정신과 의사들이 '변연계 공명'을 사랑의 근원으로 소개하면서 알려졌다. 우리나라에서는 《사랑을 위한 과학》이란 제목으로 번역되었는데, 이 책은 포유류 이상의 동물은 '나' 이외의 누군가와 교류가 있어야만 생존할 수 있다고 주장하고 있다.

어미 쥐와 떨어진 새끼는 심장 박동이 떨어지며, 여러 기능의 손상을 입는다. 체온을 유지할 수 있게 따뜻하게 해주고, 할 수 있는 모든 조치를 취해도 상태가 호전되지 않는다. 하지만 어미와 다시 만나게 하니 간단히 회복되었다. 어미의 체온과 체취는 새끼의 활동량이 늘어나게 했고, 접촉 자체가 성장호르몬 수치를 오르게 했다. 모유는 심장박동을 정상화시켰고, 정기적인 수유가 새끼의 수면과 각성 상태를 조절했다.

어미의 요소 하나하나가 새끼의 생존에 필수적인 영향을 미치는 것이다. 어린 포유동물의 생존에는 '나' 이외의 다른 존재가 절대적으로 필요하다. 인간도 마찬가지다. 엄마와 떨어진 아이들은 생명을 유지하기 어렵다. 엄마와 떨어져 접촉이 이뤄지지 않는 아이는 심장박동과 체온이 증가하고, 스트레스 호르몬인 카테콜아민과 코르티솔 수치가 증가하기 시작한다. 헤어진 지 30분이 지나면 코르티솔 수치는 6배나 증가한다. 엄마를 찾는 행위가 실패로 돌아가면 절망 단계에 이르게 되는데, 이때는 불안이 무기력으로 바뀌고, 심장박동까지 줄어들게 된다. 잠도 깊이 자지 못하고, REM수면이 증가한다. 시간이 지날수록 성장호르몬 수치는 떨어지고, 면역기능까지 저하된다.

성인들도 힘들어 하는 것은 마찬가지다. 다른 사람들과의 접촉이 이뤄지지 않고 홀로 있으면 시간이 지날수록 마음의 갈피를 잡지 못한다.

자신은 시간이 남는데 친구들이 모두 바빠 만날 사람이 없을 때, 어쩔 줄 몰라 한 경험이 다들 있을 것이다. 혼자 살고 싶다는 사람들도 있기는 하지만, 이들 역시 인간관계에 지쳐서 하는 말이지, 계속 혼자 있는 상황이 지속되면 견디지 못한다.

인간관계를 끊고 집에만 틀어 박혀 사는 사람들도 사실은 누군가와의 접촉이 있기에 그렇게 살 수 있는 것이다. 인터넷으로 누군가와 소통하거나, 책이나 만화와 같이 인간이 만든 문화와 접촉을 하고 있기 때문에 가능한 것이다. 이 모두를 차단하면 인간은 견디지 못한다. 다른 변연계와 접촉하지 못하는 인간은 삶을 영위할 정서를 유지할 수 없기 때문이다. 인간은 '너'가 없으면 생존하지 못한다. 인간에게 '너'는 살아가기 위한 환경 그 자체인 것이다.

타인의 고통을 같이 아파한다

다른 사람의 고통에 내가 먼저 아파하는 것은 그 사회를 온정적으로 유지하는 데 결정적인 영향을 미친다. 다른 사람의 아픔이 무엇보다 먼저 전달되는 것이다.

　사랑하는 사람이 '전기 충격을 받는다'는 것을 보여주는 대신 '화살표'로 알려주는 실험을 했다. 충격을 받는 장면을 직접 보게 하지 않고, 화살표가 일정 부위에 도달하면 전기 충격이 가해지는 상황이라고 알려주었다. 그럼에도 보는 사람의 통증 영역이 활성화되었다. 이것이 바로 대상피질이다. 눈에 보이지 않아도 다른 사람이 고통 받는다는 사실을 '인지'하는 것만으로도 통증을 느끼는 것이다.

　행위를 가하는 사람과 고통을 받는 사람이 있을 때 인간은 고통 받는 사람에게 먼저 감정적인 동조를 한다. 그렇기 때문에 인간 사회에 아무리 모순이 있어도 이런 내면적인 인간의 심성이 인간 사회를 발전의 길로 가게 하는 것이다.

언제나 누군가와
'통'하기를 원한다

인간은 살아 있는 매순간마다 누군가와 연결되어 있는 상태를 필요로 한다. 죽을 만큼 우울할 때도 그렇다. 보다 극단적인 예를 들면, 실제로 죽어가는 상황에서도 누군가와 통하는 것이 절실하다. 지난 9.11 테러 당시 비행기의 추락을 감지한 승객들은 사랑하는 사람들에게 애타게 전화 연결을 시도했다. 아무도 없는 상황에서 죽어 가는 것만큼 불행한 일은 없기 때문이다. 그러니 살아가기 위해서는 얼마나 많은 '너'와의 교류가 필요할까? 교류가 일방적이라면 의미가 없다. 반드시 상호 관계에 의해서 이루어져야만 긍정적 정서를 부여한다.

개인은 수많은 교류를 바탕으로 정서적 안정을 유지한다. 이런 개인들의 수많은 정서 교류의 조합이 모여 사회 소통이 이루어지는 것이다. 인간은 혼자 살아갈 수 없다. 극도로 외로움을 느끼는 사람 중에는 조용한 공간을 견디지 못해 항상 TV를 켜놓고 심지어 잘 때도 TV를 켜놓는 경우도 있는데, TV를 끄면 마치 무슨 일이라도 생긴 것처럼 놀라 잠에서 깨어난다. 누군가와의 교류가 차단되면, 그나마 분출되던 관계의 호르몬인 옥시토신 분비가 사라지기 때문이다.

너와 나를 묶는 변연계 공명

한 개체와 다른 개체가 접촉을 하고 그 결과로 각각의 두 변연계에서 동시에 애착 호르몬이 분비되어 '통'함을 느끼는 것을 우리는 변연계 공명이라 한다.

집단생활을 하는 영장류들은 지속적인 애착관계를 유지하기 위해 특정한 행위를 한다. 원숭이 집단의 경우 대표적인 행위가 '털 고르기'다. 기생충을 제거해 주는 행위로 생각했던 털 고르기가 사실은 관계 유지를 위한 적극적인 행위였던 것이다.

원숭이들은 털 고르기를 할 수 있는 만큼만 집단을 유지한다. 집단이 지나치게 커지면 털 고르기를 통한 유대감이 불가능해지므로 한 집단의 개체 수가 20~30마리가 넘지 않는다. 개체 수가 이보다 커지면 집단은 분화된다. 분화된 집단이 다시 만나면 이전에 형제 집단이었으면서도 상대 수컷이 전멸할 때까지 전쟁을 한다. 마치 전혀 모르는 집단인 것처럼 적대적으로 싸운다. 그 이유는 그들이 집단에서 분리된 이후 털 고르기를 통한 유대감이 소실되어, 그전 집단을 '내' 편이 아닌 적으로 인식하기 때문이다. 원숭이들의 이런 애착 행위의 실체가 바로 '변연계 공명'인 것이다.

변연계 공명은 애착 호르몬의 동시 분비라는 생리적 현상을 통해 둘을 하나로 묶는다. 둘 사이에 애착이 형성되면 '나'의 소중한 '너'가 된다. 애착 행위는 어미와 형제 자식이라는 혈족의 관계를 뛰어 넘을 수 있다. 애착 행위가 계속되면 혈족이 아니라도 소중한 '너'의 지위를 갖게 되는 것이다.

언어를 통한 인간의 대규모 교류

　애착 호르몬의 동시 분비라는 생리적 현상을 통해 둘이 하나로 묶이는 것을 변연계 공명이라고 했다. 애착이 형성된 '나'의 소중한 '너'가 되면 '너'의 지위는 가장 소중하게 격상된다.

　큰 집단을 하나로 묶는 기능을 하는 애착에는 어떤 것이 있을까? 원숭이 사회에서 애착 기능을 하는 털 고르기는 수적인 제한을 가져와 집단의 규모를 한정시켰다. 그렇다면 거대 집단인 인간사회는 어떤 애착 기능으로 사회를 묶을 수 있느냐가 관건이 된다. 애착의 행위가 정착되면 그 행위를 유지하는 경우, 그 사회의 소통이 늘어나고 안정성이 높아지게 된다. 그렇게 만들어지고 유지되는 집단은 단순한 개체들의 모임이 아닌, 유기적인 사회가 되는 것이다.

인간은 변연계 공명을 이루는 어떤 애착의 행위를 발달시켰을까? 털 고르기는 초기 원시 인류도 사용했을 것이다. 하지만 큰 집단을 만들기에 털 고르기는 미흡한 장치다. 원숭이 뇌의 용적은 20~30마리의 동료를 인식하는 능력을 가졌다. 숫자가 더 많아지면 얼굴 인식을 하지 못해, 집단을 분화시켜야 한다. 손으로 애착을 유지하는 행위도 이 숫자를 넘기 어렵다. 반면 인간의 뇌 용적은 230명 정도의 얼굴 인식 능력을 가진다. 그렇다면 최소한 230명과 애착관계를 유지할 수 있는 방법이 있어야만 한다.

언어를 통한 대규모 애착 기능

인간이 대규모로 서로를 연결할 수 있는 장치는 무엇일까? 그것은 바로 '말'이다. 언어는 정보를 교환하고 의사소통을 위해 존재하는 것으로 알려져 왔지만, 그보다 더 중요한 기능이 바로 구성원들이 같은 집단이라는 인식을 갖게 하고 서로의 유대관계를 유지하는 것이다. 같은 언어를 사용하면 함께 문화를 공유하고, 이를 통해 한 편이라는 결속이 저절로 생기는 것이다.

상호 모방을 하는 아이들이 언어를 더 유창하게 습득하였다. 언어 습득은 거울신경세포에 의해 자동으로 이루어지는 상호 모방으로, 엄마나 주위 어른들의 말하는 것을 보는 것만으로도 습득된다. 배우고 싶은 의지와 상관없이 함께 생활하는 것만으로도 언어는 습득되는 것이다.

　　언어를 통한 대규모 교류는 인간만이 가능하다. 인간에게 언어는 대규모 변연계 공명을 일으키는 장치로 그 규모를 무한대로 뻗어 나갈 수 있게 한다.

마음의 식량,
변연계 공명

    언어는 읽는 사람에게 그 의미에 따른 신체 반응을 뒤따르게 하기도 한다. '손으로 창문을 두드린다'라는 문장을 읽으면, 거울신경세포는 실제로 창문을 두드릴 때 사용하는 해당 영역의 운동 세포를 발화시킨다. 다른 사람이 뒷목이 뻣뻣하다고 말하는 것을 들으면, 그 느낌의 대상이 되는 신체 영역의 발화가 순간적으로 복제된다.

    다른 사람의 말을 듣거나 책을 읽으면 그 내용에 있는 몸의 변화를 우리도 그대로 느끼게 되는 것이다. 직접 보고 듣지 않아도 거울신경세포가 작동하는 것이다. 주인공이 '공을 힘껏 찼다'라는 글을 읽으면 다리에 힘이 들어간다. 순간적으로 거울신경세포가 다리의 행위를 복제했기 때문이다.

이처럼 외적인 신체 행위의 교류를 통해서도 내적인 변연계 공명을 이루는 것이다. 포유류가 서로 간의 피부 접촉을 통해 변연계의 옥시토신 분비를 촉진시키는 것처럼, 영장류는 손을 사용한 피부 접촉으로 정교하게, 인간은 더 나아가 언어와 표정을 통한 공간적 접촉을 통해 서로 간의 수없이 많은 변연계 공명을 이루고 산다.

몸을 마사지 해주는 것처럼 안락한 것은 없다. 어렸을 때 엄마가 귀를 파줄 때의 안락감은 누구나 기억하는 행복감이다. 친구 사이의 즐거운 대화는 다른 어떤 것과 비교해도 지지 않을 큰 기쁨이다. 서로 말이 통하는 사람과 이야기를 나누면 너무나 행복하다. 연인들이 시간 가는 줄 모르고 밤새 하는 전화 통화나 수없이 주고받는 메시지는 서로를 행복하게 한다. 이런 모든 행위가 변연계 공명을 이루게 하고 그 결과로 애착의 호르몬이 분비되기 때문에 행복감을 느끼게 되는 것이다.

나를 채우는 마음의 식량

인간이 살아가는 데 있어 변연계 공명은 꼭 필요하다. 그리고 각자는 자신에게 필요한 변연계 공명의 형태와 정도를 다양하게 가지고 있다. 누군가와의 접촉으로 이루어지는 공명은 내 '마음의 식량'이 된다. 사람은 사랑 없이는 살 수 없다는 말을 하는 이유가 바로 이 때문이다.

변연계 공명의 실체는 두 개체 간의 연결이고, 이것이 애착이라고 했다. 나와 누군가를 연결하고 있는 것은 그 자체가 서로의 변연계가 동시에 애착을 느끼게 하는 행위다. 성적인 행위를 포함한 사랑의 행위는 두 사람 사이의 신체적 접촉에 의해 이루어진다. 두 사람의 손이 마주치거나 키스와 같은 신체 접촉은 전형적인, 가장 강력한 변연계 공명 현상이 일어나게 하는 행위다.

사랑하는 사람과 대화하는 것만큼 행복한 것은 없다. 단, 조건이 있다. 두 사람이 서로 같은 정도로 대화에 빠져들어야 한다. 그래야 동시적인 변연계 공명이 일어나기 때문이다. 서로가 서로에게 빠져 있다는 것은 상대의 얼굴 표정을 보면 알 수 있다.

거울신경세포는 두 사람의 행위를 서로 자신의 뇌에 입력시킨다. 상대와 내가 같은 생각을 공유하고 같은 표정을 지을 때 공명은 정점에 이르게 된다. 이와 같은 변연계 공명은 두 사람의 애착관계를 강화시킨다. 일방적인 접촉으로는 변연계 공명이 이뤄지지 못한다.

인간은 끊임없이 변연계 공명을 추구하며 산다. 다만 각자가 만족하는 공명의 정도와 양은 일률적이진 않다. 때문에 똑같은 공명을 느꼈어도 한쪽은 충분히 만족하는 반면, 다른 한쪽은 좀 더 충분한 공명을 원하는 경우도 발생할 수 있다.

실시간으로 이루어져야
사랑이 확인된다

　아이가 기어 다니기 시작하면 엄마를 떠나 주변을 탐색하기 시작하는데, 이때 조건이 있다. 엄마가 자신의 시야에 있어야 한다. 아이의 시야에서 엄마가 사라지면 아이는 불안해 하며 하던 행동을 중지하고 엄마를 찾는다. 이 나이의 아이에게 엄마가 눈에 보이지 않는 것은 엄마가 존재하지 않는 것처럼 무서운 일이다. 아이는 엄마와의 변연계 공명이 상시적으로 이루어져야 살 수 있다. 짓궂은 과학자들이 이 시기의 아이를 대상으로 재미있는 실험을 했다.

아기와 엄마가 서로 모니터를 통해 보게 하고는 아기의 반응을 관찰했다. 아기가 엄마를 바라보면 엄마는 아기에게 손짓을 하고 웃으며 화답했다. 이러한 경우 아기는 엄마가 보고 있다는 사실에 안심하고 잘 논다. 다음으로 엄마의 모니터 영상을 1분 정도 늦추고 아기의 반응을 살펴봤다. 아기가 보는 영상에는 정확히 1분 전의 엄마가 보이는 것이다. 그럼 아기는 놀라기 시작한다. 실시간 영상을 보던 아기가 편안해했던 것과 달리, 1분 전 엄마의 영상을 보는 아기는 놀라고 경악에 가까운 표정을 보이며, 마치 엄마가 보이지 않는 것처럼 안절부절못한다.

영상 속에 분명 엄마가 존재하는데, 아기가 놀라고 불안해 하는 이유는 무엇일까? 그건 아기가 엄마에게 보내는 표정에 대한 반응이 실시간으로 오지 않기 때문이다. 바로 둘 사이에 교감이 이뤄지지 않아 변연계 공명이 이루어지지 않아서다. 아기의 표정이 엄마의 뇌에 영향을 끼쳐 엄마로부터 어떤 특정한 반응을 일으키고, 다시 엄마의 반응에 대해 아기가 반응을 하는, 말하자면 거울신경세포를 통한 변연계 공명으로 실시간 교감하지 못해서다. 변연계 공명은 정서적 친밀도가 있는 사람들 사이에서 실시간에 수시로 이루어지고 있는 것이다. 아기는 엄마와의 변연계 공명이 지속적으로 이뤄져야 생존할 수 있는 것이다. 그렇지 않으면 아이의 정서는 어미 쥐와 분리되어 체온이 상실된 새끼 쥐처럼 심신의 혼란 상태에 빠져들게 된다.

같이 놀아야 행복하다

생활 속에서 실시간으로 이루어지는 변연계 공명을 가장 잘 살펴볼 수 있는 경우가 바로 놀이를 통해서다. 아무리 사나운 동물이라도 새끼들이 노는 모습은 귀엽다. 오밀조밀 모여 있는 새끼들은 서로 깨물고 장난을 치며 논다. 그렇게 놀고 있는 새끼들의 표정을 보면, 얼굴 가득 즐거움이 넘치는 것을 볼 수 있다. 예를 들어 강아지들은 함께 놀면서 상대의 발을 아파하지 않을 정도로 깨문다. 그렇게 깨물었다고 싸우는 강아지도 없다. 싸우려는 게 아니라 노는 게 목적이라는 것을 강아지도 서로 알기 때문이다.

놀이는 한 개체와 다른 개체가 연결되는 전형적인 행위다. 하지만 같이 놀고 있는 대상이 재미있게 몰두하지 않으면 흥미는 줄어든다. 나의 행동에 아무런 반응을 하지 않으면 흥미는 급속히 소실된다. 놀이는 혼자 하는 것이 아니라 둘 이상의 관계에서 하기 때문이다.

놀이에는 두 가지 중요한 원칙이 있다. 첫 번째가 암묵적으로 정해진 규칙 내에서만 논다는 것이다. 규칙을 벗어나면 놀이의 흥은 사라진다. 상대가 정말 아픔을 호소하는데도 더 아프게 깨물면 놀이 분위기는 순식간에 사라지고 싸움으로 변하게 된다. 놀이는 규칙을 지켜야 한다. 두 번째 원칙은 놀이에 서로 비슷한 정도로 몰두해야 한다는 것이다. 놀이가 즐거운 것은 그것에 빠져들기 때문이다. 빠져들지 않는 놀이는 그래서 시시하다. 빠져들더라도 서로 같은 정도로 빠져야만 더 재미가 난다. 왜 같이 즐거워야만 할까? 놀이가 변연계 공명을 강력하게 일어나게 하기 때문이다. 그래서 놀이의 상대인 '너'가 없는 세상은 재미가 있을 수 없다. 절망적 외로움만 남게 된다.

슬픔과 우울의
차이를 말해 줘

무언가를 상실하거나 심각한 어려움에 직면하면 인간은 우울의 늪에 빠진다. 다른 사람들은 모두 행복한 것 같은데 나에게만 시련이 닥치고, 다른 사람은 잘못이 있어도 진급하는데 난 실적이 좋은데도 회사에서 퇴직당하는 상황이라면, 그 사람은 우울함에 빠지게 된다.

실연을 당한 여인도 마찬가지다. 이 불행은 나에게는 너무 가혹한 것이고 억울한 배신이어서 견딜 수 없다. 누구에게도 이해받고 싶지 않고, 받을 수도 없기에 고립되어 고통 당하고 우울한 기분에 빠져든다. 그리고 누구와도 말하고 싶지 않다.

여자는 대학 3학년에 다닐 때 한 남자를 알게 되었다. 싫다고 해도 무작정 집으로 찾아오던 남자였다. 거칠다는 것은 느꼈지만 알고보니 조직 폭력 집단에 속한 남자였다. 학교는 다닌 적도 없고 고아와 다름없는 삼십대 초반의 남자는 그렇게 다가왔다. 2년이 흐른 어느 날 남자는 무조건 절연을 선언했다. 이유는 없었다. 그냥 더 이상 너와 같이 있고 싶지 않다는 것이다. 그리곤 연락을 끊는다. 마음을 준 여자는 남자를 찾아 나섰지만 냉정한 거절만 반복되었다. 여자는 식음을 전폐하고 절망의 나날을 보내고 있었다. 가족과 친구 누구도 여자의 아픔을 들어주려 하지 않았다. 여자가 그 남자를 만나는 것 자체를 극도로 반대했기 때문이다. 그러던 어느 날 여자는 차를 타고 가다 노래를 듣는다. '낙엽아! 가다가 내 님 보면 이제는 잊었다고 전해 주렴.' 듣는 순간부터 여자는 그 노래를 따라 불렀다. 마음이 전보다 나아졌다.

나만 아는 절망적인 우울

그녀에게 무슨 일이 일어난 걸까? 누군가와 통한 것이다. 아무도 들어주지 않는 절망적인 사랑을 누군가인 '낙엽'에게는 전할 수 있게 된 것이다. 그날 한없이 눈물을 흘리며 울음을 삭인 그녀는, 내가 겪은 고통을 누군가도 겪었다는 슬픔을 공유하며 절망적인 우울에서 빠져 나오게 된 것이다.

그녀의 절망적인 우울이 이제는 슬픔이 되었다. 슬픔이란 나뿐 아니라 다른 인간들도 겪는 객관적인 아픔이다. '나'만 아픈 절망적인 우울이 아니라 '너'도 아픈 슬픔인 것이다. 아픔도 누군가와 공유할 수 있다면 절망에서 벗어날 수 있다. 이것이 바로 절망적 우울을 치유할 수 있는 방법이다. 인간은 나와 공명하는 '너'가 있음으로 해서 어떤 아픔도 아름다운 슬픔으로 승화시킬 수 있다.

이처럼 변연계 공명은 슬픔에서도 일어난다. 나의 마음의 고통이 다른 사람과의 변연계 공명을 통해 완화되는 현상은 과학적인 것이다. 나만의 아픔이 누군가와 공명을 이룬다면, 그 어루만짐과 안락함으로 절망적 고통은 사라지고 다시 살 수 있게 되는 것이다.

문화와
변연계 공명

인간이 대규모 사회를 유지할 수 있는 것은 공통된 변연계 공명을 할 수 있는 능력을 갖고 있기 때문이다. 그런 대규모 변연계 공명 가운데 우리가 흔히 볼 수 있는 것이 바로 '유행'이라는 현상이다.

어떤 것이 유행이 될지 정확히 예측할 수 있는 사람은 없다. 유행이란 얼마나 많은 사람이 그것을 좋아하느냐에 의해 결정된다. 즉, 얼마나 많은 뇌에서 공조현상을 이루느냐에 따라 결정되는 것이다.

리차드 도킨스는 자신의 저서 《이기적 유전자》에서 이를 '밈

(meme)'이라고 명명했다. 생물의 유전자가 전파되는 것처럼 문화가 사람들의 마음속에서 복제되고 전파되는 현상을 말한 것이다. 여러 뇌에서 공조현상을 일으킬 수 있는 것은 밈이 되고, 그렇지 못하면 소멸되고 만다. 생명체의 유전자와 문화적 유전자인 밈은 다음과 같은 동일한 특징을 가지고 있다.

첫째, 자기 복제 능력이 있다.
둘째, 생명력이 있어 오래 지속된다.
셋째, 정밀도가 있어 형태가 변하지 않고 정확히 복제된다.
넷째, 다산성이 있어 많은 사람들의 마음에 널리 퍼지게 된다.

자동차는 어느 나라나 유사한 형태를 가지고 있다. 바퀴는 네 개고, 앞 유리에는 와이퍼가 있다. 차폭등, 브레이크, 액셀이 있고, 대부분 문은 네 개다. 이 같은 차 모양이 바로 밈이다. 우리가 사는 아파트의 구조 역시 밈이다. 유행의 첨단인 옷과 가방, 구두의 모양들도 밈이 된다.

유행이 되는 조건, 변연계 공명
유행이 된다는 것, 그래서 인간들이 유사한 것을 좋아할 수 있는 것은 우리 인간들의 뇌가 같은 구조를 가지고 있으면서 동시에 서로 연결되어 있고 실시간으로 서로 영향을 주고받을 수 있기에 가능하다. 밈에 이르지 못한 자동차 디자인을 보면 어색하고, 유행이 지난 옷을 그대로 입은 사람을 보면 '촌스럽다'고 느낀다. 새롭다고 해서 모두 어색한 것은 아니다. 미래를 끌고 갈 만한 것은 혁신적이라는 평가를 받는다. 지금 당장은 밈이 아니라 해도 이후 밈이 될 가능성이 있기 때문이다.

인간은 통상적인 추정보다 서로 간의 뇌가 훨씬 밀접하게 연결되어 있는 사회적 동물이다. 그래서 늘 연결되고 통하는 누군가와 말하기를 원한다. 그래서 우리의 뇌는 다른 사람들과 통할 수 있는 공간을 갖고 있다. 그것은 많은 사람들을 집단적으로 연결하는 밈이 생존할 수 있는 환경을 뇌가 보유하게끔 진화된 것이다. 그래서 인간의 뇌는 다른 사람들과 공명할 수 있는 조건이 이미 갖추어져 있는 것이다. 밈이 되느냐 아니냐는 많은 사람들과 변연계가 공명을 이룰 수 있느냐 아니냐에 달려 있다. 새로운 유행을 보는 순간 좋다고 느낀다면 변연계 공명이 이뤄진 것이다. 유행을 만든 사람과 변연계 공명이 이뤄진 것이다. 많은 사람들이 좋아하는 것을 만들 수 있다면 그가 인간 사회의 능력자다. 한 인간의 능력은 얼마나 많은 '너'와 변연계 공명을 할 수 있느냐에 달려 있는 것이다.

　현대 사회는 과거 어느 시대보다 문화적으로 가까워졌다. 그래서 다른 나라의 문화라도 기꺼이 받아들여 즐긴다. 얼마 전까지만 해도 다른 나라의 문명을 받아들이는 것은 위험한 행위일 수 있었다. 직접 접촉을 통해 이룩한 집단의 정체성을 훼손할 수 있기 때문이다. 그래서 다른 문화의 유입을 금기시한 경우가 많았다. 하지만, 이제는 모든 나라가 폐쇄적인 정책을 사용하지 않는다. 서로 문화를 받아들인다. 그것이 구성원의 삶에 훨씬 더 큰 행복을 주기 때문이다.

　하나의 노래가 전 세계에서 동시에 사랑을 받기도 하며, 새로운 아이템의 물건이 동시에 팔려나가기도 한다. 이는 인류가 한 뿌리라는 사실을 확인해 주는 것으로, 인간의 뇌에 존재하는 문화적 코드가 유사성을 갖고 있다는 것을 의미한다. 나를 포함한 모든 인류는 변연계 공명의 대상이 되는 '너'다. 나와 너가 합쳐져 우리가 되는 것이다.

정교하게 진화하는
변연계 공명

초기에는 피부 접촉과 같이 단순한 접촉으로도 문제없이 이루어지던 변연계 공명이 시간이 흐를수록 점차 정교함을 갖추게되었다. 서로 몸을 맞대고 자는 것처럼 계속 안락함을 느끼게 하는 것도 있지만, 놀이처럼 재미가 없으면 해야 할 마음이 생기지 않는 것도 있다.

인간은 같은 언어를 사용하는 것만으로도 유대감을 가질 수있지만, 시간이 지날수록 말이 얼마나 잘 통하느냐에 따라 두 사람이 느끼는 만족도는 달라질 수 있다. 사랑하는 사람들도 처음에는 같이 있는 것 자체만으로도 좋다가 점차 얼마나 잘 통하느냐에 따라 즐거움의 차이가 생긴다. 결국 너와 나의 관계에서 만족감의 차이가 나는 것은 두 사람 사이의 교류가 얼마만큼 정교하게 이뤄지느냐에 따라 다르게 나타난다.

"나를 사랑하는 사람만 있다면, 나는 뭐든지 할 수 있어."
"백마 탄 왕자가 나를 찾아와 행복하게 살고 싶다."

이런 말은 결혼 후에 이렇게 바뀌기도 한다.

"집에 오면 컴퓨터만 보지 말고 '나와 대화' 좀 했으면 좋겠어."
"주말이면 나도 남편이랑 야외에 나가고 싶어. 남자들끼리 하는 축구는 이제 그만했으면 좋겠어."

남자 역시 똑같다.

"퇴근하면 날 기다려주는 사람이 있다는 것이…."
"곁에 있어 주는 것만으로도 행복해."

그러다가 결혼 후에는 이렇게 변한다.

"우리 어머니에게 친딸처럼 자주 전화를 했으면…."

"말을 그렇게 기분 나쁘게 해야만 하나?"

"내가 뭘 더 바랄 게 뭐 있어? 그냥 이렇게 살지."

나의 마음은 나에게 물어봐

사랑의 행위에는 변연계 공명이 일어난다. 손잡고 걷는 것, 낭만적인 입맞춤 그리고 격정적인 섹스 모두가 변연계 공명인 것이다. 행위가 뇌에서 공명을 이루면 순간적으로 애착 호르몬이 분비되어 두 사람을 행복감에 이르게 한다.

공명이 잘 이뤄지기 위해서는 점점 더 교류가 정교해져야 한다. 상대의 말을 잘 듣고 상대의 표정을 살펴보아야 한다. 탁구공이 왔다 갔다 하는 것처럼 상대의 말에 집중하고, 긍정적인 의미를 담아 대응해야 한다.

인간은 애착 호르몬과 거울신경세포를 가지고 '너'와 관계를 맺는다. 너의 의도를 읽어내고 그에 준해 너와 교류를 한다. '나'만 있던 세상에서 '너'와 처음 관계를 맺을 때는 존재 자체만으로도 행복했지만, 시간이 지나면서 존재는 당위가 되고 서로의 교류가 제대로 이뤄지지 않으면 답답함을 느끼게 된다. 마치 혈관이 막혀 동맥경화가 된 것처럼, 아니면 꽉 막힌 도로처럼 답답해지는 것이다. 그래서 인간은 서로 교류하는 수단을 끊임없이 발전시켜 왔다.

공통의 언어를 사용하고, 에티켓을 통해 상대의 기분을 상하지 않게 하고, 서로 불편한 것을 말하여 교정해 왔다. 그럼에도 인간 사이에는 많은 갈등이 존재한다. 이렇게 교류가 원활하지 않아서 생기는 것이 충돌과 갈등일지도 모른다.

상대를 알기 위해 가장 중요한 것은 상대에게 직접 물어보는 것이다. 왜냐하면 지금까지 말한 것처럼 내가 안다고 생각하는 것은 그럴 거라는 나의 생각이지 실제로 '너'의 생각이 아니기 때문이다. 그래서 '너'를 알 수 있는 가장 좋은 방법은 너에게 '너'에 대해 듣는 것이다.

너와 나를
연결하는 '사랑'

가장 가까운 인간과 인간 사이에서 일어나는 변연계 공명은 사랑이다. 그래서 사랑은 절대 관념적인 것이 아니다. 사랑은 신체 행위를 통해 뇌가 연결돼야 한다. 그래야만 변연계 공명이 일어나고 행복감으로 서로 충만할 수 있기 때문이다.

변연계 공명은 거울신경세포에 의해 너와 내가 연결된 상태에서, 두 개체가 동등한 정도로 변연계가 활성화된 공명에 의해 이루어진다고 했다. 이때 변연계만 작동하는 것이 아니고, 대뇌피질과 시상, 전전두엽의 검열과 시상하부의 생리적 변화 그리고 얼굴과 몸짓으로 표현되는 정서적 표현 모두가 관여한다.

사랑의 공명 정도는 다른 어떤 관계보다 깊고 강하다. 사랑은 변연계 공명이기에 직접적인 신체적 접촉과 행위가 있을 때 가장 강력하게 일어난다. 표현되지 않는 아버지의 사랑은 자녀의 뇌와 변연계 공명을 이루기 어렵다. 이것이 마음으로만 하는 남자들의 사랑이 아이들이나 아내에게 전달되지 않는 이유이다.

넓게 공명하는 남자, 깊게 공명하는 여자

공명은 '같이' 놀이를 하고, '같이' 집중하여 뭔가를 함께 할 때 일어난다. 일을 통해서도 변연계 공명이 일어날 수 있다. 친밀한 사랑을 할 때만큼 공명이 강력하진 않아도, 여러 사람들과 교류를 하는 일은 얕지만 넓은 변연계 공명을 발생시킨다. 일에 빠진 남자들이, 비록 아내와는 관계가 적어도, 사랑이 적다는 이유로 불편을 느끼지 않는 까닭이다.

남자는 많은 사람과의 변연계 공명을 원하고, 여자는 가장 사랑하는 사람과의 공명을 원한다. 여자는 사랑을 통해 가장 많은 심리적 안정을 취하고, 남자는 많은 사람과의 관계를 통해 얻어지는 사회적 영향력에서 더 많은 안정을 취하기 때문이다. 아이들은 어릴수록 관계에서의 공명을 원하다가, 성장하면서 또래를 포함한 사회적 관계에서 변연계 공명을 하게 된다.

사랑의
9단계

　사랑의 대표적인 모습은 남녀가 만나 아이를 낳고 아끼며 살아가는 것이다. 사랑은 어머니와 자식의 관계에서 시작해 형제간 그리고 함께 사는 사람과의 관계로 퍼져 나간다.

　사랑은 '나' 이외의 누군가와의 만남이고, 그 만남이 서로에게 행복과 안정감을 주는 것이다. 사랑은 인간과 인간을 연결시키는 최고의 감정이다. 그런 사랑은 몇 단계의 획기적인 진화 발전에 의해 만들어졌다. 그 진화의 단계를 살펴보면 크게 9단계로 요약할 수 있다.

① 생명체의 탄생

사랑이 탄생하기 위해서는 먼저 생명체가 탄생해야 한다. 생명체는 에너지원을 가져야 하는데, 식물은 광합성을 통해 얻고 동물은 다른 생명체를 잡아먹는 것으로 에너지를 섭취했다. 이 과정에서 다른 생명체를 에너지원으로 소모하지 않고 같이 살게 되면서 새로운 생명체를 탄생시킨다.

② 생명체 간의 연합

최초의 생명체인 원핵세포가 잡아들인 세포 가운데 특정 기능을 가진 세포의 경우 에너지원으로 소화시키지 않고 대신 공생관계를 만들었다. 생명체 간의 연합이 시작된 것이다. 그 특정 세포가 바로 미토콘드리아다. 미토콘드리아는 에너지 발전소 같은 세포 내 소기관이 된다. 세포막의 변형과 함께 핵막 등 다른 소기관들도 만들어지면서 원핵세포는 진핵세포로 진화된다. 연합은 강한 세포가 주도하는 불공정한 공생관계로 시작되었다.

③ 대규모 세포 간 연합

세포막의 변형이 가능해지면서 세포 간 연합은 대규모로 진행되었다. 원핵세포는 외부로부터 세포 내부를 보호하기 위해 굳고 견고한 단절의 세포막이 필요했지만, 진핵세포는 세포막이 유연해지면서 개방과 결합의 세계로 나갈 수 있게 한 것이다. 이후 셀 수 없이 많은 세포들의 연합으로 다세포 생명이 출현하고, 그 연합은 누가 주도하는 것이 아니라 모든 세포들이 대등한 관계로 진행되었다.

④ 역설적인 사랑의 분리 단계

사랑을 연합의 과정으로 본다면 이 단계는 역설적이다. 연합이 아니라 분리의 과정이기 때문이다. 마침내 암컷과 수컷이 탄생하였다.

더 발전된 연합을 하기 위해서는 먼저 연합의 대상들이 다양해져야 한다. 암수의 구분이 그것을 가능하게 하였다. 암수로 나누어지기 전에는 모세포와 자세포가 동일한 유전자를 갖고 있었다. 무성생식으로 세상에는 같은 종류의 생명체들이 복제되고 있었다. 새로운 생명체는 돌연변이가 아니면 출현할 수 없었던 것이다. 하지만 암수가 분리되면서 마침내 다양한 자손의 탄생이 가능해졌다.

유성생식에서 그 어떤 자손도 선조와 같을 수가 없다. 부모 양쪽에서 각각 절반의 유전자를 물려 받기에 조상과는 결코 똑같을 수 없는 후손이 태어난다. 그럼에도 조상의 유전자를 반드시 포함한다. 연결은 되지만 같지는 않은 것, 그것이 암수 분리의 절대적인 장점이다. 다양한 후손의 탄생은 어떤 척박한 환경에서도 살아남을 수 있는 가능성을 높였다. 시간이 지나면서 이러한 다양성은 점점 더 확대되었다.

이처럼 사랑에는 연합만이 아니라 분화와 다름도 필요하다. 이런 분리의 결과로 '나'는 역사상 단 하나만 존재하게 된다. 나는 다시는 지구상에 출현하지 않는다. 나란 존재는 전 우주를 통해 오직 하나만 있을 뿐이다.

⑤ 뇌의 탄생

동물이 움직이기 위해 창조된 '뇌'가 사랑의 중심 기관이 되었다. 뇌는 호르몬을 통해 짝을 찾고, 사랑하는 상대를 만나기 위해 노력하게 하고, 사랑의 행위를 가능하게 한다.

⑥ 애착의 출현

애착이 출현한 직접적인 목적은 새끼의 생존율을 높이는 데 있었다. 조류는 암수가 함께 새끼를 낳고 함께 양육함으로써 새끼의 생존 가능성을 높였다. 어류는 물속에 알을 낳고 수정을 시킨다. 양서류는 암컷의 몸에서 수정이 이뤄지게 하고, 파충류는 수정된 알껍질을 단단하게 낳아 숨겨서 천적으로부터 공격 받을 위험을 줄인다. 파충류가 부화를 자연에 맡기는 것에 비해 새끼의 독립생활이 가능할 때까지 어미가 기르는 조류의 경우 새끼의 생존 가능성이 훨씬 높다.

새끼를 낳는 행위는 뇌의 하부 기능을 가지고도 가능하지만, 기르기 위해서는 나 이외에 '너'를 인식할 수 있는 능력이 있어야 한다. 새끼의 영양과 몸의 상태를 파악하고 문제를 발견하고 해결하는 능력이 있어야 하기 때문이다. 애착이 형성되지 않으면 불가능한 일이다.

⑦ 태반의 탄생

포유류부터 시작된 태반의 탄생은 애착이 관계를 낳게 하여 이 세상에 친밀한 관계를 만들어 가기 시작했다. 어미와 새끼의 관계에서 새끼들끼리의 관계로, 그리고 영구적인 가족과 집단의 관계로 발전할 수 있게 하였다. 포유류는 새끼를 어미의 뱃속인 태반에서 어느 정도 성장시킨 후 세상에 나오게 함으로써, 조류와도 비교할 수 없을 정도로 새끼의 생존율을 높였다.

포유류 새끼는 조류와는 달리 형제들과도 애착과 관계를 형성한다. 형제는 어미가 주는 먹이를 놓고 경쟁하는 대상이지만 같이 놀이를 하고 유기적인 협조를 통해 사냥을 할 수 있는 동료도 된다. 이러한 관계는 서로를 연결하는 '변연계'가 있고 공명할 수 있기에 가능해졌다. 태반의 탄생은 더 정교한 애착 호르몬을 출현시키고 변연계 공명이 이루어질 수 있게 하였다.

⑧ 영장류의 탄생

영장류는 애착 행위를 통해 유대감을 유지하는 집단을 이룰 수 있다. 또한 집단 내에서는 관계 유지를 위한 애착 행위가 상시적으로 이뤄진다. 원숭이의 털 고르기 같은 사랑의 행위는 어미와 형제 자식의 혈족 관계를 넘어 더 큰 집단을 유지할 수 있게 한다. 애착은 관계를 유지하여 집단을 하나로 묶는 역할로 진화되었다. 이제 집단은 더 이상 단순한 개체들의 모임이 아니라 하나의 개체처럼 유기적인 사회가 되는 것이다.

⑨ 언어에 의한 대규모 연결 단계

인간은 언어를 통해 집단을 대규모로 연결할 수 있게 되었다. 직접적인 접촉을 하지 않더라도 같은 언어를 사용한다는 것만으로 같은 집단을 이룰 수 있게 된 것이다. 언어와 도구의 사용은 문화를 발전시키면 같은 문화를 공유하는 것만으로도 같은 집단을 이루게 한다. 언어를 통해 이루어지는 대규모 교류는 인간만이 가능하다. 교류와 협력이라는 개체들 간의 연합은 거울신경세포와 변연계 공명으로 정밀하게 연결된다. 마침내 뇌와 뇌가 실질적으로 연결된 것이다. 점차 언어와 문화가 달라도 같은 지구상에 같이 사는 인간이라는 정체감만 있으면 한 집단으로 인식되며, 더 나아가 지구상에 있는 생물이라는 사실만으로도 나에게 필요한 '너'로 인식되는 것이다.

사랑,
그 다양한 모습

연인 간의 열정적인 사랑

인간의 성장기인 사춘기를 지나 이성을 만나게 되면 지금까지
와는 다른 세상이 열리게 된다. 가족 이외의 이성을 처음 만나는
경험은 놀라운 것이다. 사랑에 빠진 연인들은 매순간 상대만 생
각하고 언제나 같이 있을 궁리만 한다. 이때 '나'는 별로 중요하
지 않다. 무조건 '너'가 중요하다. 배가 고픈 것쯤은 안중에도 없
고, 상대를 그리다 흥분하여 잠 못 이루는 밤을 지새우기 일쑤
다. 이들 연인들 사이에는 열정적인 사랑의 호르몬인 페닐에틸
아민(phenylethylamine)이 분출되고 있다.

페닐에틸아민은 각성제인 암페타민과 유사해, 배도 고프지 않고 잠도 오지 않는 흥분된 상태를 유지하게 한다. 하지만 불행하게도 이런 사랑은 오래 가지 않는다. 3개월에서 1년이 지나면 열정적인 사랑은 수명이 다한다. 상대에 대한 열정도, 상대를 호의적으로 받아주는 것도 사라진다. 무조건 같이 있고 싶다는 생각에 상대만을 생각했던 시기가 끝난 것이다. 이런 태도는 남자들에게서 더 두드러진다. 그래서 여성들은 열정적인 사랑의 시간이 지나면 전보다 무심한 상대에게 불만이 생기게 되는 것이다.

교제 기간이 7개월 정도인 열정적인 사랑에 빠진 이의 뇌를 fMRI로 촬영했다. 연인과 친구 사진을 보여주고는 뇌의 어느 영역이 활성화되는지를 관찰하는 실험이었다. 먼저 연인의 사진을 보여줄 때는 중뇌의 VTA 영역이 활성화되었는데, 이곳은 쾌감 보상회로가 시작되어 도파민의 분출에 의해 쾌감을 느끼게 하는 곳이다. 사랑에 빠지면 쾌감중추 영역에 도파민이 충만하고 페닐에틸아민과 스트레스 호르몬인 아드레날린(adrenaline), 노르에피네프린(norepinephrine)이 분출된다. 노르에피네프린은 집중력을 높이고 정신이 맑아지게 하여 사랑에 빠진 상대의 말, 행동, 태도 등 모든 것을 기억하게 해준다.

이 기간의 사랑은 동물의 짝짓기 시기와 비교될 수 있다. 사랑에 빠지기 위해서는 서로가 갖고 있는 유전적 형질인 페로몬(pheromone)에 의해 끌리게 된다. 사랑에 빠지면 상대의 접근을 허용해, 상대는 나의 가장 친밀한 사적인 영역으로 들어올 수 있다. 동물의 짝짓기가 성적인 흥분을 동반하는 데 비해 인간의 열정적인 사랑은 꼭 성적인 흥분을 동반하지는 않는다. 그보다는 여성을 더 성스럽게 여기고 보호해야 할 가치가 있는 숭고한 대상으로 여기기도 한다.

안정적인 사랑

한창 뜨거운 연인들은 이 사랑이 영원할 것이라 믿지만, 안타깝게도 열정적인 사랑은 오래 가지 않는다. 그리고 두 사람의 관계에서 한 번밖에 일어나지 않는다. 그렇다면 오랜 세월 함께 살아야 하는 부부는 사랑 없이 살아가야 하는가? 그렇지 않다. 우리가 느끼는 사랑에는 쾌감보상회로에서 매개하는 열정적인 사랑도 있지만, 변연계 공명으로 인한 안정적인 사랑도 있다.

교제 기간이 2~4년인 만난 지 오래된 연인들 몇 쌍을 대상으로 뇌활성화 영역을 관찰해, 안정적인 사랑을 fMRI로 촬영했다. 이들이 연인을 생각할 때 역시 쾌감보상회로가 활성화되기는 했지만 상대적으로 미약했다. 반면 해마를 포함한 변연계 구조물과 인지적 사고 중추인 배외측 전전두엽이 동시에 활성화되었다. 한편 공포와 분노의 중추인 편도의 활동은 감소했다.

이런 변연계 구조물의 활성화는 옥시토신의 분비에 의한 것으로 생각되고 있다. 사랑은 애착관계를 형성해 관계를 지속적으로 유지시키고, 서로 간의 교류가 변연계를 활성화한다. 또한 편도 활동의 감소로 분노 반응을 줄인다.

이성의 중추인 배외측 전전두엽이 활성화되었다는 것은 안정적이고 성숙한 사랑은 열정적인 사랑처럼 정서적 충동에 얽매이지 않고 감성과 지성이 함께 통합적으로 작용한다는 것을 알려주고 있다. 한편 편도 활동의 감소는 상대에 대한 분노 반응을 줄이고 경계심을 낮춰 배우자의 접근을 용이하게 한다.

열정적인 사랑보다 안정적인 사랑이 보다 진화된 사랑이다. 아기를 바라볼 때 엄마의 뇌가 활성화되는 부위는 안정적인 사랑과 같은 변연계다. 열정적인 사랑에서 쾌감중추영역이 활성화되었다는 것은 관계보다는 끌림에 의한 쾌감이 그 사랑의 정체였다는 사실을 알려준다. 열정적인 사랑은 자기에게 더 집중되는 사랑이다. 때문에 안정적인 사랑이 더 근원적인 관계의 사랑이라 할 수 있다.

옥시토신 분비로 일어나는 안정적인 사랑은 정서적 안정감을 주고, 친밀감을 느끼게 하며, 상대에게 더 민감하도록 한다. 여자의 옥시토신 수용체는 남자들에 비해 다섯 배나 민감하게 작동하는데, 이것이 옥시토신 효과를 여자들이 남자들에 비해 훨씬 많이 원하고 또 느끼는 이유다.

사랑하는 사람들 간의 깊은 스킨십은 옥시토신을 다량으로 분출시킨다. 학자들은 분당 40회 이상 쓰다듬을 때 옥시토신이 가장 많이 분출된다는 사실을 발견했다. 여성호르몬인 에스트로겐은 옥시토신의 작용을 극대화시키는데, 그래서 에스트로겐 농도가 가장 높은 가임기의 여성이 신체 접촉에서 가장 많은 안정감과 친밀감을 느끼는 것이다.

열정적인 사랑은 '너'의 탄생 이전의 사랑과 유사하고, 안정적인 사랑은 '너'가 만들어진 이후의 사랑이다. 열정적인 사랑은 옥시토신과 바소프레신의 전구체에 의한 짝짓기가 그 원형이어서 일시적인 것이다.

대체로 남자들은 관계보다는 쾌감을 부르는 열정적인 사랑을 선호하고, 여자들은 열정적인 사랑에 연연하기보다 안정적인 사랑으로 지속되기를 원한다. 애착이 형성된 이후의 사랑이 안정적인 사랑이기 때문이다.

첫눈에 빠진 사랑

딱 이 사람이라고 생각했다. 적극적이고 거침없는 면을 좋아했다. 기념일의 풍선 이벤트는 황홀했다. 소극적인 여자인 '나'는 모든 것을 책임지겠다는 남자에게 처음부터 빠졌다. 잘 삐치는 성격이 걱정돼서 그래도 좋으냐니까 평생을 그래도 된단다. 꿈같은 열렬한 구애와 함께 여자는 황홀한 결혼에 성공했다. 다섯 자매 중 넷째라 집에서 그다지 관심 받지 못하다가 나만을 그렇게도 좋아하는 남자를 만난 것이다. 맘껏 신경질을 부려도 된다는 허락과 함께…. 하지만 결혼을 하고 나자 영원할 것만 같았던 행복한 시간은 너무나도 짧았다. 아이가 생기면서 관계는 더 사무적으로 변했다. 지금도 나는 좋은데, 남편은 시큰둥하다. 그동안 항의도 하고 애원도 하고 싸워도 봤지만 남편의 무관심은 점점 더 심해질 뿐이다.

우리 주변에서 흔히 볼 수 있는 모습일 것이다. 여자는 결혼 후에도 남자가 똑같은 모습을 보일 것이라고 착각했다. 대부분 결혼을 안정적인 삶의 시작이라고 생각한다. 하지만 남자들은 사랑을 만들어가는 행위는 잘하는 반면 그 사랑을 유지하고 지키는 것은 잘하지 못한다. 그래서 실망한 여자들이 항의하면 당황해서 어쩔 줄 몰라 하는 것이다. 사소한 싸움에 능하지 못한 남자들은 아내 앞에서 일단 몸을 낮춰주지만 싸움이 진행될 수록 심리적인 마음은 멀어져간다. 그저 건드리지만 않으면 다행이라고 생각하는 것이다.

이렇게 남자가 멀어지는 모습을 보고 자기를 싫어하는 것으로 생각한 여자들은 한편으론 감시의 눈초리를, 다른 한편으론 규제를 시작한다. 서로 상처를 받은 상태에서 그렇게 결혼생활을 해나간다. 힘들고 지친 상태에서 여자는 집안일과 육아에, 남자는 일과 아내의 짜증에 뒤섞여, 피곤한 결혼의 일상이 지속된다.

과거 인간의 삶이 지금처럼 길지 않았을 때는 남자의 이런 본능적 행동이 그리 큰 문제가 되지는 않았다. 남자가 매력적으로 사는 시기가 생애주기와 대체로 맞아떨어졌기 때문이다. 하지만 수명이 길어진 현대 사회는 성적 매력이 떨어지는 50대 중반을 넘기고도, 그 상태로 80~90세까지 더 긴 시간을 살아야 한다. 매력 없는 남자로 살아야 하는 시기가 길어진 것이다.

남자들은 처음 만남 과정에서의 짜릿한 사랑이 다시 돌아올 것을 꿈꾸며 평생을 산다. 아내에게 살을 빼라고 요구하고, 처음 만났을 때의 수줍어하고 다소곳한 모습으로 되돌아가기를 원한다. 알지 못했기에 신비했던 연인 시절의 여성으로 되돌아가길 원하는 것이다. 하지만 젊음이 한 번 오고 다시 오지 않는 것처럼 그런 사랑은 다시 오지 않는다. 그러한 사랑은 나와 '너'의 사랑이 아니라 나만의 사랑인 것이다.

진정한 사랑은 너의 실체를 모두 알고 난 이후의 관계에서의 사랑이지, 누군지도 모르는 신비함 속 여성과의 관계가 아니다. 그 여성은 정복의 대상일 뿐이다.

남녀 차이가 나는 질투 감정

사랑을 빼앗기거나 잃을 가능성이 높아지면 그 경쟁자를 향해 나오는 것이 질투 감정이다. 남자와 여자는 상실될 때 두려워하는 관계의 영역이 서로 다르다. 배우자가 육체적인 외도를 가졌다고 의심되는 경우와 정서적인 외도로 마음을 빼앗긴 것이 암시되는 경우, 자기공명촬영을 했을 때 남녀 뇌의 활성화되는 영역이 다르게 나타난 것이다.

배우자가 다른 사람과 성적 관계를 가졌다고 암시하는 문장을 읽게 하고 뇌를 촬영했다. 남자들은 편도와 해마, 그리고 생리조절의 중추인 시상하부가 활성화되었다. 그에 비해 여성들은 활성화되는 영역이 많지 않았다. 정보처리를 하는 시상만 활성화가 되었을 뿐이다. 이번에는 배우자가 다른 사람에게 연애편지를 쓰고 있다는 정신적 외도를 나타내는 문장을 읽게 하고 촬영을 하였다. 남자들은 혐오감의 중추인 뇌섬엽이 활성화된 반면 여성들은 마음읽기의 중추인 STS의 활성화가 두드러졌다.

남자는 여자가 육체적인 외도를 한 경우에 감정 조절 능력을 상실하고 흥분하며 폭력적인 공격성을 드러낸다. 그에 비해 여자는 배우자가 성적인 외도를 했을 때보다 정신적인 외도를 한 경우에 더 많은 갈등을 느낀다. 배우자의 의도가 무엇인지를 생각하는 것이 더 중요한 것이다. 그래서 마음읽기의 중추가 활성화되는 것이다. 남자가 얼마나 그 여자에게 마음을 빼앗겼느냐가 더 큰 문제가 되기 때문이다.

여자는 배우자가 자신을 사랑하고 있는지의 여부가 중요하다. 외도한 여자에게로 가버리는 것은 아닌지, 설사 가지는 않더라고 남자가 가지고 있는 재산을 그 여자에게 주는 것은 아닌지가 중요하다. 여자에게 남편의 외도는 성적 외도 자체보다는 자신보다 상대 여자를 더 우선시 하느냐의 여부가 중요한 것이다.

반면 남자는 배우자의 정신적인 외도를 혐오하긴 하지만, 여자들만큼 그러한 사실을 자기 존재의 위협으로 받아들이지는 않는다. 하지만 남자에게 배우자의 육체적인 외도는 자식에 대한 불확실성이라는 묵과할 수 없는 두려움을 초래한다. 여자는 아이의 아버지가 누군지 확실하게 알지만, 남자들은 그럴 수 없기 때문이다. 유럽의 한 연구에서 일반 가정의 자녀 가운데 10%가 친부의 자녀가 아니었다는 보고가 있었다.

남자에게는 '나'의 의미가 중요하고, 여성들에게는 '너'와의 관계 의미가 중요한 것이다.

부모의 자식 사랑과 자식의 부모 사랑

엄마가 아기를 생각할 때마다 변연계는 활성화된다. 변연계의 활성화는 사랑을 유지하고 있는 연인과 부부 사이에서 이루어지는 것이다. 사랑이 식으면 활성화되지 않고, 사랑이 유지되어야만 애착관계가 지속된다. 그런데 엄마의 사랑은 실제 관계가 없어도 유지된다. 자식을 생각할 때마다 변연계가 활성화되는 것이다. 자녀들은 다르다. 부모를 생각한다고 변연계가 활성화되는 것은 아니다. 부모가 나에게 어떤 존재인가라는 물음에 답할 때 활성화되는 뇌 부위는 기억과 심성 형성의 내측 두정엽이었다. 이는 타자를 생각할 때 활성화되는 부위다. 반면 아이에 대한 항목에 대해 엄마의 뇌가 활성화가 된 부위는 내측 전전두엽이었다. 부모가 자식을 생각하는 경우는 '나'를 생각할 때와 같은 내측 전전두엽이 활성화되는 것이다. 부모에게 자식은 '나'와 동일하게 인식되고, 자식에게 부모는 '너'로 인식된다는 뜻이다. 그런 자식에게 부모는 자신의 모든 것을 주려고 한다.

우정과 봉사

친구를 생각하면 상호교감의 중추인 내측 전전두엽과 쾌감의 중추인 측핵이 활성화된다. 즐거운 인간관계라는 의미다. 마찬가지로, 직장에서 호감이 가는 사람을 생각해도 측핵이 활성화되었다. 쾌감보상회로에 있는 측핵이 활성화되었다는 것은 그 사람과의 만남이 내 기분을 좋게 만든다는 뜻이다. 친구란 만나면 유쾌하고 즐거운 대상이기 때문이다. 때로 갈등이 있을 수도 있지만, 어떤 관계보다도 편하다. 웃고 떠들고 재미있으면서 압박감은 주지 않는 대상이다. 가족처럼 책임감을 가져야 하는 것도 아니면서 내 편인 것이다.

하지만 친구라도 늘 불만투성이고 피곤하게 하는 친구라면 측핵의 활성화가 일어나지 않을 것이다. 친하지 않으면 내측 전전 두엽의 활성화도 크지 않을 것이다. 반대의 경우도 성립한다. 친구가 나를 생각할 때 측핵 반응이 없을 수도 있다. 그렇다면 내가 친구를 피곤하게 했다는 말이 된다.

진정한 행복은
관계에서 온다

유럽의 젊은 아버지는 아이가 탄생하면 지위와 상관없이 육아 휴직을 신청한다. 그 삶이 즐겁고 행복하다는 것을 알기 때문이다. 강아지를 키우는 것도 신비스러운데, 하물며 내 아이의 성장을 지켜보는 것만큼 경이로운 일은 없기 때문이다. 과거에는 남자의 일이 아니라고 생각하여 거리를 두었던 많은 관계의 행복을 찾아서 즐기기 시작한 것이다. 그럼으로써 남자의 행복도 다양해지기 시작하였다.

현대사회에서는 안정적이고 오래가는 사랑을 하는 사람이 더 행복할 수 있다. 여자의 안정적인 사랑이 훨씬 더 가치를 인정받는 세상이 된 것이다. 남성 호르몬은 사랑을 만드는 과정에만 정성을 쏟게 되어 있다. 모든 동물들의 수컷이 화려한 이유도 이때문이다. 인간처럼 오랜 관계를 맺고 살아가는 경우 진정한 행복은 안정적인 관계를 통해서 이뤄진다. 관계에서 오는 행복이야말로 인간만이 누릴 수 있는 고급 행복이다.

사랑은 한쪽만 좋아한다고 해서 성립되는 것은 아니다. 서로가 같이 그 사랑을 즐길 수 있어야 한다. 사랑은 서로를 한데 묶지만, 그러려면 동시에 주파수가 맞아야 한다. 그 주파수가 맞지 않으면 결핍이 생기고, 그것이 축적되면 미움의 원형이 된다. 과거의 남자들과 요즘 30대의 남자들은 다르다. 주말이면 앞치마를 두르고 요리를 하는 게 자연스럽고, 발레를 하는 딸아이를 데리고 둘이서만 문화센터를 찾기도 한다. 주말 문화센터에 가보면 익숙한 솜씨로 아이에게 발레타이즈를 신기고 발레복을 입히는 젊은 아빠들을 쉽게 만날 수 있다.

이들 젊은 아빠들은 바로 관계에서 오는 행복을 알고 있는 것이다. 지금까지 남자들이 남자다움이라는 허세에 빠져 잊고 살았던 '관계'에 눈을 돌린 것이다. 가족을 우선시하는 행동을 남자답지 못하다고 생각했던 우리 시대의 '아버지'들의 가치관은 가까운 관계의 단절에 영향을 미쳤다. 그 결과 나이가 들면 사랑채에서 혼자 지내기 일쑤였다. 그들은 관계에서 오는 행복을 모르고 살아왔고, 지금도 여전히 그렇게 바뀌지 못하고 주변에서 맴돌며 살아가는 아버지들이 많다.

'나'는 끝없이 '너'와 통하기 위해 노력한다. 그 노력이 좌절되고 오해받고 무시당할 때, 우리는 분노하고 좌절하는지도 모른다. 그렇다면 분노는 또 다른 모습의 사랑일 것이다. 분노가 분노로 그친다면 인간의 관계는 그대로 멈추고 만다. 나의 분노가 '너'에게 어떻게 비춰지고 받아들여지는지를 안다면 더 성숙한 관계로 발돋움할 수 있지 않을까?

제4장

우리는
이것을
편의상
'분노'라
부른다

인간은 살아가기 위해 주변 환경과 끊임없이 관계를 가져야
한다. 인간에게 가장 중요한 주변 환경이란 바로 나를 제외한 다
른 인간들이다. 결국 인간은 주변 사람들과 끊임없이 관계를 맺
고 살아야만 한다. 모든 관계는 친밀도에서 차이가 난다.

　인간은 '나'만 있으면 살 수 없다. 다른 인간인 '너'가 있어야
살아갈 수 있다. 사랑받고, 보호받고, 관심 받는 만큼, 사랑을 주
고 보호해 주고 생각해 주는 것이다. 인간은 끊임없이 이런 관계
들을 추구한다.

행복은 관계를 통해서 다가선다. 하지만 항상 좋은 관계만 있는 것은 아니다. 모든 관계는 아픔을 동반한다. 서로에게 아픔을 주는 관계가 그만큼 많은 것이다.

너와 나의 관계
그리고 우리의 충돌

    부모와 자식 같은 혈연관계는 탄생하면서 바로 관계가 형성되는 경우다. 결속력이 강하고 그만큼 구성원으로서의 의무도 크다. 인간은 사회 속에서 여러 다양한 관계를 만들고 그 속에 속하게 된다. 그렇다고 우리가 늘 원하는 관계만 맺고 사는 것은 아니다.

    의지와 관계없이 관계가 형성되는 경우는 수없이 많다. 운전을 하다 사고가 나면, 그 순간 관계가 형성된다. 젊은 남자들은 지나다가 어깨만 마주쳐도 싸움을 한다. 납치되면 그 순간부터 납치범과 관계가 형성된다. 원하든, 원치 않든 상황에 따라 생명이 달려 있는 너무나 중요한 관계가 형성될 수도 있는 것이다.

관계가 만들어지면 그에 맞는 규칙도 출현한다. 경험한 적이 없는 관계라도 규칙은 만들어진다. 매번 새롭게 만들어지는 것이 아니다. 인간의 마음에는 먼저 그와 유사한 관계의 규칙들이 미리 존재하고 있다. 수없이 많은 관계마다 그에 따른 규칙들이 선행되어 있는 것이다.

인간관계에 따라오는 규칙들

전혀 모르던 두 사람이 어느 날 첫눈에 반해 연인이 된다. 첫눈에 사랑에 빠져 연인의 관계가 형성되면, 두 사람은 이전에 두 사람 사이에는 적용된 적이 없었던 '관계의 규칙'을 따라야 한다. 그 관계의 규칙은 서로의 마음속에 선행되어 있다. 이전 다른 사람과의 만남에서 적용했던 것일 수도 있다. 하지만 서로는 상대가 어떤 세부적인 관계의 규칙을 가지고 있는지 모르고 사랑에 빠진다. 이후 관계가 지속되면 미세하게 서로 다른 관계의 규칙들에 의해 상처받기도 하고 풀어나가기도 하며, 서로의 규칙을 알아가고 익숙해지는 것이다.

누구도 그전까지 이 같은 관계의 규칙들에 의해 충돌한다는 것을 듣거나 배운 적이 없다. 우리는 관계의 규칙에 대해 구체적으로 생각해 본 적 없이 살아왔다. 그저 관계하고 살았을 뿐이다. 그러기에 상대가 어떻게 힘든지를 알지 못하는 것은 당연하다. 그저 나의 관점에서 예측만 할 뿐이다.

더 문제가 되는 것은 '나'가 원하고 행하는 것이 무엇인지 나도 모른다는 데 있다. 그러면서도 '나'는 '너'를 판단한다. '너'에 대한 정보는 모르면서 너와 관계할 때의 '나'를 준비한다. 상대 배우 없이 혼자 연습하고 무대에 올라 연기하는 것과 별반 다를 것이 없다. '너'에 대한 정보는 '너'에 대한 외형적인 자료와 추정만이 전부인 경우가 대부분이다. 세상의 모든 '너'와 관계를 맺고 살아가는 내가 말이다.

서로 다른 예측으로 인한
너와 나의 갈등

인간에게 집중과 선택을 하도록 인도하는 장치가 '의식'이다. 예측을 하는 경우에는 의식이 하나여야 하고, 선택이 필요 없는 상황에서는 의식이 작동하지 않는다.

그 외에 기저핵에 저장되어 있어 의식의 지배를 받지 않고 자동적으로 이루어지는 행위들이 존재한다. 별 생각없이 걷고, 음식을 만들고, 운전을 한다. 이러한 행위들은 시상피질계의 요구가 있으면 바로 유발되는 것들이다. 시상과 대뇌피질로 이뤄진 시상 피질계는 '예측'을 실행한다. 생존하기 위한 행위를 하기 위해서 시상 피질계는 이들 행위를 유발하는 감정 상태를 매순간 만들어낸다. 이 감정이 예측을 일으키고, 체계는 선택을 줄여 해결책을 실행한다. 예측에 의한 행위가 결정되면, 그 실행은 특정 고정 반복행위에 의해 이루어진다.

이렇게 자신의 생존에 가장 중요한 결정을 내리는 뇌는 모든 자료를 활용하여 한 시점에 한 가지 행위를 결정한다. 그러면 그 것은 '그렇게 해야만 한다'는 감정 상태가 된다. 그렇게 하지 않으면 오류가 발생할 거라고 예측한다. 문제는 여기서 발생한다.

생존을 위한 두 뇌의 충돌

인간은 각자 자신의 생존에 가장 중요한 것만 선택하여 행동한다. 그렇기 때문에 관계를 맺고 살아가다보면 필연적으로 충돌이 발생할 수밖에 없다. '예측'이란 고도로 발달된 각자의 뇌가 자신에게 저장된 모든 자료를 활용하여 하나의 결과를 찾아낸 것이다. 뇌는 위험의 순간 생존하기 위한 가장 최우선의 행동을 예측한다. 어느 곳으로 가야 먹을 물이 있고, 먹잇감이 있는지 등의 예측은 생사 여부를 좌우한다. 그래서 예측은 개인에게는 절대 절명의 가치가 되는 것이다.

나와 너의 관계 상황에서 행동하기 위한 예측은 생존에 가장 효율적인 것이면서 동시에 객관성을 갖춘 것이 선택된다. 그래서 나에게만 통용되는 것이 아니라 타인에게도 적용될 수 있다는 점이 절대적으로 중요하게 감안된다. 예측은 최고의 효율성을 가짐과 동시에 누구에게나 적용되는 보편성을 지니고 있는 것이 선택되는 것이다.

보편적이지 않은 예측도 있다. 누구도 생각하지 못한 획기적인 예측이다. 이런 예외적인 상황을 제외한다면 사람들은 자신의 생각이 가장 보편적이며 옳다고 생각한다. "사람들에게 물어보자! 누구 말이 옳은지?" 이 말은 갈등 관계에 있는 모든 사람들이 서로에게 하는 가장 흔한 말이다. 인간은 상대의 예측 역시 자신만큼 객관성과 효율성을 갖고 있다는 생각을 하지 못한다. 그리고 자신의 예측에 주관적인 판단이 개입할 수 있다는 가능성도 미처 깨닫지 못하는 것이다.

집단적으로 가치를 공유하는 경우라면 문제는 더 커진다. 비슷한 사고를 가진 사람들에 의해 내려진 예측은 서로의 결속을 강화시키는 한편. 집단의 정체성을 유지하기 위해 자신들과 다른 견해는 더 강력히 배제되기 때문이다.

갈등은 대부분 이 때문에 발생한다. 살아온 경험과 결과를 근

거로 가장 객관적이며 최선의 판단을 내린다고 생각하기에 뇌는
자신의 것과 다른 대안을 받아들이기 힘든 것이다. 더구나 나이
가 50쯤 되는 남자를 설득하는 것은 거의 불가능하다. 특히 성공
한 남자라면….

하고 싶은
기분의 충돌

    동물은 움직임(행동)이 있어야 살 수 있다. 행복도 마찬가지다. 움직임은 행복의 전제조건이기도 하다. 그런 움직임을 있게 하기 위한 전단계가 바로 하고자 하는 '욕구'다. 무언가를 하고 싶은 '기분'인 것이다.

    인간도 마찬가지다. 생존하기 위한 행위를 먼저 하고 위험을 피하는 행위를 한다. 그러고 나면 마음이 즐거워지기 위한 행위를 하고자 하는 '기분'이 나오게 된다. 이런 기분은 인간 누구나 가지고 있지만, 어떤 행위를 해야 하는지는 개개인마다 다르다. 차를 사야 좋은 사람도 있고, 옷을 사야 좋은 사람도 있다.

직장 생활 5년차인 남편이 아내 몰래 또 80만 원짜리 만년필을 샀다. 아이 둘을 키우느라 힘이 드는 아내는 맥이 풀린다. 이번 달에는 시어머니 환갑잔치가 있어 지출할 것이 많은데 남편의 이런 철없는 행동에 매번 속이 탄다. 남편은 잔치 신경은 쓰지 말라고 하지만 맏며느리로 할 도리가 있고 잔치에 참석하려면 입고 갈 옷도 있어야 하는데 어떻게 해야 할지 답답하다. 부인에게는 80만 원짜리 만년필이 그저 경제적 손실일 뿐 아무 의미가 없지만, 남편은 중학교 2학년 때 독일제 만년필을 선물로 받고 중간에 머물던 성적이 단숨에 3등으로 오른 경험이 있었다. 부인은 힘들어 하지만, 남편은 만년필을 산 후 책상에 앉아 있는 시간이 늘어나면서, 발주회사에 낸 보고서가 극찬을 받아 큰 프로젝트를 딸 수 있었다.

새로 산 만년필은 늘, 침체기에 있던 남편이 그로부터 빠져 나오게 하는 기폭제 역할을 한다. 그것은 남편만의 독특한 경험이다. 남들이 보기에는 이해할 수 없는 행동이지만 갖고 싶은 것을 사고 만족이 되면 긍정적이고 적극적인 마음으로 변해 상상을 초월하는 몰입을 하게 되는 것이다.

어느 날은 빨간색 줄무늬가 든 넥타이를 하면 기분이 날아갈 것 같고, 또 어떤 날은 흰 신발을 신으면 당당해지는 느낌이 들 때가 있다. 2,000원짜리 샌드위치를 먹고 5,000원짜리 스타벅스 커피를 마시는 여대생은 이런 말을 한다.

"뭘 먹더라도 스타벅스 커피를 마시면 왠지 대접받는 느낌이 들어요. 내가 중요한 사람이라는 느낌도 들고…."

미래도 바꿀 수 있는 하고자 하는 욕구

'하고자 하는 기분'은 한 개체의 미래를 책임지는 중요한 역할을 할 수도 있다. 그것이 객관적인 타당성이 있느냐 없느냐가 중요한 것은 아니다. 다만 하고자 하는 기분을 얼마나 충족시키느냐가 개인의 행복에 결정적인 역할을 하기 때문이다. 영화를 공부하고 싶은 기분, 음악을 전공으로 하고 싶은 기분, 운동하고 싶은 기분, 냉면을 먹고 싶은 기분은 그것이 충족되면 만족감과 함께 활력과 마음의 편안함을 가져다준다.

하고자 하는 마음이 드는 '나'의 기분을 충족시켜 주는 것도 필요하고, 이해할 수 없는 '너'의 기분을 충족시켜 주는 것도 필요하다. 스타벅스 커피를 마시는 여대생에게 가장 필요한 것은 대접받는 느낌일 것이다. 취업도 힘들고 사회적인 위치도 안정되지 못한 그녀의 마음에 가장 필요한 것은 내가 중요한 사람일지도 모른다는 느낌이다. 그런 느낌은 내가 더 열정적으로 일을 찾고 나를 위해 정진하는 데 도움이 될 것이다.

그렇다면 이렇게 무엇을 하고 싶다는 기분은 왜 존재하는 것일까? 그것은 아마도 그 기분을 만족시킬 때 뇌와 신체가 가장 안정된 상태가 되어 적극적이고 긍정적인 행위를 하게 된다는 것을 뇌가 예측하기 때문일 것이다.

삶의 방식에서의
충돌

　하고자 하는 '나'의 기분을 충족시키면서 동시에 이해할 수 없는 '너'의 기분도 충족시켜야 하는 인간은 좋은 관계를 유지하기 위해 끊임없이 일어나는 충돌을 조절해야 한다. '나'의 입장에서 행해지는 행동들은 아무리 '너'를 생각해서 이루어진다 해도 100퍼센트 '너'를 만족시킬 수는 없다. 무심코 하는 행동들이 일으키는 사소한 충돌은 우리의 일상사에서 언제나 일어나고 있는 것이다.

　남편은 아내의 건망증이 불만이다. 그래서 항상 아내에게 메모할 것을 요구한다. 하지만 아내는 남편의 얘기를 들을 때뿐 메모를 하지 않는다. 아내 역시 불만이 있다. 남편은 양말을 벗어서 아무데나 던진다. 빨래 통에 넣으라고 매번 잔소리를 해도 남편은 알았다고 할 뿐 바뀌지 않는다.

관계를 유지할 때 충돌이 일어나는 것은 당연한 일이다. 그런데 왜 매번 같은 이유로 충돌이 일어나는 걸까? 말을 했으면 고치면 될 텐데, 왜 같은 상황이 반복되는 걸까?

그 이유는 인간의 모든 행동에 의식이 관여하지 않기 때문이다. 인간은 모든 행동을 생각하면서 하지는 않는다. 정확히는, 그렇게 할 수 없는 것이다. 만약 모든 행동을 생각하면서 한다면 걸을 때마다 왼쪽 다리를 어떻게 움직이고 오른쪽 다리는 그때마다 얼마나 힘을 주어야 하는지를 의식이 결정해야 한다. 걷는 행위를 의식이 주관해야 한다면 뇌는 과부하가 걸려 그 외에 다른 일은 아무 것도 할 수 없게 될 것이다. 그래서 반복적인 일상 행동은 자동으로 이루어진다. 사람들의 일상 행동은 정형화된 행동의 반복인 것이다.

바꾸기 어려운 정형화된 행동

정형화된 행동들은 의식과는 상관없이 행동하는 기저핵이 주도한다. 이것이 중요하다. 부부 사이에 하는 말 중 가장 많은 것이 무엇일까? 바로 "당신 어떻게 그렇게 행동할 수 있어?"다. 부부 간의 불화 뒤에는 늘 이 질문이 도사리고 있다.

잘못했다고 인정하면서도 바꾸지 못하는 상대의 행동 때문에 화가 나고 분노한다. 문제는 이렇게 항의를 받는 행동일수록 의식의 지배를 받지 않는 정형화된 반복적인 행동들이 대부분이라는 것이다. 무의식적인 행동, 의식의 지배를 받지 않는 행동을 고친다는 것은 굉장히 어려운 일이다.

외형적으로는 잘못을 인정하더라도 그 행동이 기저핵에 저장되지 않으면 행위는 고쳐지지 않는다. 자전거 타는 방법을 설명만 듣고는 탈 수 없는 것과 같다. 몇 번 듣는다고 행위가 습득되거나 바뀔 수는 없다. 이런 사실을 알지 못한다면 두 사람은 끊임없이 싸울 수밖에 없다.

같아지는 것이 아니라
조금씩 맞춰가는 것이다

의식이 주도하지 않는 정형화된 행위, 즉, 뇌에 저장된 고정행위는 사람마다 다르다. 집에 오면 의식하지 않고 양말을 빨래 통에 넣는 사람도 있지만, 매일 싸워도 거꾸로 벗어 놓는 사람도 있다. 이렇게 다르게 형성된 고정행위가 관계를 이루고 사는 사람들 사이에서 다툼의 원인이 된다. 고정행위는 각자가 뇌 속에 만들어 놓은, 하고 사는 행위의 틀이다. 그렇다면 그냥 상대를 있는 그대로 인정하면 안 될까? 그럴 수도 있지만, 모든 관계는 이해관계가 형성되기 때문에 포기하고 살 수만은 없는 것이다.

두 사람의 정형화된 행위는 살아가면서 어떤 식으로든 변해가야 한다. 그런 행위들 자체가 끊임없이 변화하고 조정되기 때문이다. 한 사람의 행위는 틀은 유지되더라도 세부적으로는 끊임없이 변한다. 관계를 맺고 사는 사람은 끊임없이 서로 맞춰가며 교정해야 한다. 교정을 한다는 것이 상대와 같아지는 것을 의미하지는 않는다. 조금씩 맞춰가는 과정일 뿐이다.

치약을 중간부터 짜지 말고 끝에서부터 짜서 쓰라는 아내의 잔소리에 처음에는 긍정적인 대답을 하지만, 반복되는 잔소리는 아내나 남편 모두를 화나게 한다. 아끼자는 아내의 말이 틀린 것은 아니지만 그까짓 것을 아낀다고 뭐 얼마나 달라지기에 저렇게 잔소리인가 싶어 남편도 화가 난다.

치약을 끝에서부터 짜는 것은 사소하고 단순한 행동의 교정이지만 바꿔야 하는 당위성을 스스로 인정하지 못하면 행위는 고쳐지지 않는다. 행위를 교정하려면 치약을 끝에서부터 짜는 것이 효율적이라는 뇌의 호응이 있어야 한다. 잔소리를 들었다고 행위를 교정하지는 않는다. 치약을 그렇게 짜는 것이 효율적인 행위의 순위에 들어야 하고, 그 정당성에 뇌가 동의를 해야 한다.

집안 정리가 우선인 사람도 있고, 친구를 만나는 것이 더 중요한 사람도 있다. 교정해야 하는 그 행위에 대해 우선순위를 두지 않는 배우자나 가족 구성원에게 반복해서 지적하고 공격하는 것은 서로에게 고통스러운 일이다. 행위의 교정에는 마음의 동의가 있어야 한다. 강요에 의해 어쩔 수 없이 받아들여야 한다면 행위의 교정은 이루어지기 어렵다.

동의가 필요한 행위 조정

설령 행위를 교정하겠다고 동의를 해 특정 행위를 바꾸어야겠다는 자발적인 의식이 있는 경우라도 고정행위의 습득은 쉽지 않다. 우선 변화된 행위를 하려면 그때마다 기저핵이 시행중인 자동행위를 멈추고, 정신적 에너지 소비가 많은 '의식'을 집중해 교정된 행위를 수행해야 하기 때문이다. 그러니 행동이 어색할 수밖에 없다. 그러다가 어느 순간 집중을 놓치면 다시 옛날 행위를 하고 있는 것이다. 그러면 다시 의식을 집중하여 행위를 교정해야 한다. 그렇게 수없이 반복해서 행해야지만 새로 정형화된 행위가 습득된다. 양말을 빨래 통에 넣고, 치약을 끝에서부터 짜는 아주 사소해 보이는 행위의 습득이 이렇게 어려운 것이다.

본인 스스로 교정에 동의한 경우에도 실제로 교정이 되기까지 결코 쉽지 않다는 점을 생각하면, 자신이 원치 않는 상황, 압력에 의해 교정을 해야 하는 경우에는 더더욱 무의식적 행위로 습득되기 어렵다. 상대의 행위를 교정하려면 먼저 상대가 그 행위를 진심으로 긍정적으로 받아들이도록 해야 한다. 상대가 스스로 교정이 필요하다고 느껴야 한다. 내가 요구하는 행동이 상대에게 받아들여지지 않는다고 해서 이를 비난하고 공격하는 것은 그 행위를 교정하는 데 도움이 되지 않는다.

　관계를 개선하기 위해 필요한 것은 상대를 배려하는 마음과 인내가 우선이어야 하는지도 모른다. 상대에게 무엇을 고치라고 강요하기 전에 내가 고치기 힘든 행위를 먼저 노력해서 고쳐본다면, 상대의 행위 역시 비록 내 눈에는 단순해 보이는 것이라도 고치기 쉽지 않다는 것을 이해할 수 있을 것이다.

평생 지속되는 똑같은 불만 그리고 잔소리

　남녀가 만나 관계를 맺게 되고 이를 계속 유지하기로 두 사람이 동의하면 대부분의 경우 둘의 관계는 '연인'에서 '부부'가 된다. 그런데 막상 부부의 관계가 되면 배우자의 특정 행위들이 마음에 들지 않는 경우가 많다. 그러다보면 자연스레 상대에게 행위의 교정을 요구하게 된다. 연인일 때보다 부부 사이일수록 행위의 교정을 바라는 잔소리는 심해진다. 상대에게 갖는 기대치가 높아서일 것이다. 아니면 내가 생각하는 예측이나 행위만이 옳다고 생각하기 때문인지도 모른다. 똑같은 상황의 반복은 개선이 아닌 관계를 악화시킬 뿐이다.

아내와의 싸움은 어떤 주제로 시작해도 결국은 같은 소리로 끝이 난다. 결혼 초 시동생이 자기에게 집안이 망해도 신경도 쓰지 않을 여자라고 욕을 한 것, 시어머니가 왜 자기만 고생하고 며느리는 편하게 살아야 하느냐고 못살게 굴었던 것, 첫애 임신했을 때 바나나가 먹고 싶다고 할 때 모른척하던 남편이 시어머니가 먹고 싶다고 하니 그 자리에서 사주었던 것….

남편들은 매번 똑같은 불만을 말하는 아내에게 질려한다. 어떻게 싸울 때마다 옛날 얘기를 매번 끄집어내서 하는지 알 수가 없다는 것이다. 처음에는 참던 남편도 결국 소리를 지르게 되고 싸움은 더 커지게 된다. 싸움의 발단이 무엇이든 결과는 같다.

아내들은 남편에게 전달되지 못할 것을 알면서도 왜 반복해서 말을 하는 것일까? 그건 여자의 뇌에서는 과거의 아픔이 지금도 생생히 작동하고 있기 때문이다.

정답은 제대로 들어주기

지금도 돌아가고 있는 과거의 기억을 멈추게 할 방법은 없는 것일까? 답은 '제대로' 그 아픔을 들어주는 것이다. 남자들은 말한다. 이미 많이 들었고 또 빌었다고, 더 이상 뭘 어떻게 더 들어

주어야 하느냐고 화를 내기까지 한다. 그럼에도 여자에게는 상처가 남아 있는 이유는 뭘까?

여자들이 끊임없이 반복하는 데는 두 가지 이유가 있다. 하나는 유사한 아픔이 계속 일어나고 있기 때문이고, 두 번째는 상대가 진심으로 나의 아픔을 알아준 적이 없다고 느끼기 때문이다.

아내가 남편에게 가장 바라는 것 중 하나는 바로 위험 상황에서 보호받고 자신의 아픔을 이해받는 것이다. 아픔의 현장에 같이 있던 남편이 나를 보호해 주지 않거나 심지어 아픔을 준 당사자가 남편이라면 섭섭함은 극에 달한다. 왜 여자들은 남자로부터 보호를 받아야 한다고 생각하는 것일까?

비밀은 바로 출산에 있다. 여자는 몸이 찢어지는 고통을 겪으며 아기를 낳는 대신 그 아기와 자신을 남편이 보호해야 한다는 것이 무의식적으로 장착이 된다.

우선적으로 여자를 위험으로부터 보호하는 것이 안정적인 사랑의 지표다. 그러면 보호받는 여자의 몸에서는 엔돌핀이 분출되고, 그런 경험을 한 아내는 남편과 함께 있기만 해도 엔돌핀이 분출되어 안정감을 느끼는 것이다. 이 세상에 나의 위험을 나보다 더 잘 보호해 줄 수 있는 존재가 있다는 것은 관계가 주는 축복 중 가장 큰 것이다.

　남편의 입장에서 아내와의 관계를 돈독하게 하는 방법은 아주 쉬운 데 있다. 아내의 말에 귀 기울이고 진심으로 공감하는 것이다. 어떤가, 너무 쉽지 않은가?

너와 나의 불완전한 관계를 교정하는 분노

　분노는 관계에서 발생하는 다양한 정서 중 가장 흔하게 나타나는 정서 중 하나다. 그러나 단순히 누군가를 미워하기 위해 분노가 존재하는 것은 아니다. 사랑의 관계가 올바로 맺어지지 못하면 상처를 받게 되고, 그 상처를 고치는 과정에서 관계의 교정이 이뤄진다. 정교한 교류가 필요 없는 관계에서는 기대가 높지 않기에 상처받을 일도 없다. 서로에게 중요한 관계에서 아픔은 탄생한다. 다름은 서로를 끌리게 하지만 동시에 여러 부작용을 낳게 한다. 그 갈등이 밖으로 표출될 때 분노가 나올 수 있다. 그렇다면 분노는 인간관계에 어떤 작용을 하는 것일까?

쉽게 화를 내는 사람은 일찍 죽는다

어떤 사람이 전망 좋은 러닝머신 자리를 미리 확보해 짐을 놓고 간 사이, 다른 사람이 그 짐을 다른 곳으로 옮겨 놓고 그 자리를 차지하고 있었다. 참지 못한 두 사람 사이에는 싸움이 일어났고, 결국 원래 자리를 확보했던 사람이 다시 자리를 차지했다. 두 사람은 모두 기분이 상한 상태가 되었다. 나라면 싸우지 않았을 것이다. 다른 자리에서 운동을 하더라도 운동효과는 같았을 테니까.

화 다스리기는 인류의 오랜 숙제였다. 화의 결과로 인한 폭력성이 인간을 얼마나 파괴하는지 모른다. 전쟁, 구타, 싸움, 파괴의 원인이 되는 화는 인류의 적일 수 있다. 그래서 화를 위의 사례와 같이 다룬 책이 많다. 화를 내지 않는 것이 옳은 방법이라고 묘사한다. 화를 내는 사람은 어리석은 사람이 되는 것이다. 맞는 말일 수 있다. '화가 나는 상황'을 참는 것이 화를 내고 충돌이 벌어지는 것보다 효율적인 것은 맞다. 화를 참았기 때문에 일을 망칠 상황에서 벗어난 사람들의 경험 역시 수없이 많다. 하지만 그런 화의 대부분이 전에 화를 내지 않고 참았다가 누적되어 튀어 나온 경우일 수도 있다. 또한 지금도 화를 내지 못하고,

참아서 마음의 병을 앓고 있는 사람도 너무나 많다. 어쩌면 지금 당장의 화를 참는 것이 미래의 더 큰 화를 키우고 있는 것인지도 모른다.

종교의 스승들은 화를 참으라고 가르친다. 남을 증오하는 인간의 무지를 지적하는 옳은 가르침이다. 정도를 벗어난 '화'나 자기만의 관점에서 생성된 화는 이런 가르침을 따르는 것이 맞다. 하지만 정당한 화인 경우에도 참으라는 것은 너무 높은 종교적 경지를 요구하는 것은 아닐까?

아마도 이러한 주장은 분노와 미움의 감정을 함부로 갖지 말라는 말일 것이다. 감정에 치우쳐 과도한 화를 내는 인간의 미성숙을 탓하는 것이다. 반면 정당한 화는 그 정당함을 인정받아야 한다. 모든 화가 문제가 된다면 그런 화가 왜 인간에게 존재해야 하는지 의문일 수밖에 없다.

화를 참으면 내 몸에 독이 쌓인다

남편은 누구에게나 잘한다. 시누이가 자기 집 장을 옮겨 달라고 해도 금방 달려가고, 시어머니가 친구 환갑잔치에 간다고 하면 월차를 내고 완도까지 모시고 가는 사람이다. 시어머니 집을 고쳐 드리고, 집을 살 때 대출까지 해드렸다. 그런데 시어머니가 돌아가시고 시동생과 시누이가 어머니 집을 똑같이 분배해야 한다고 하자, 아무 말 못하고 집에 돌아온 남편은 밤새 술을 마시고 울었다.

갈등 상황에서 화를 참는 것이 옳을 수는 있다. 하지만 참는 것이 반복되면 분노가 쌓이기 때문에 계속 참는 것은 답이 될 수 없다. 참는 것이 결국 독이 되기 때문이다.

만약 화가 나는 상황을 내가 유도한 경우라면 어떻게 해야 할까? 상대방에게 화를 내면 좋지 않다고 화를 내지 말라고 할 수는 없지 않은가? 그렇다고 나는 화내지 말아야 한다면서, 상대방은 화를 내도 좋다는 명제를 낼 수도 없지 않은가? 상대가 화를 참지 못한다고 성숙하지 못하거나 현명하지 못한 사람으로 쉽게 공격할 수도 없다. 나 때문에 화가 난 사람에게 참으라고 요구한다면 그 사람은 받아들이기 힘들 것이다.

부부 갈등을 포함한 인간관계의 갈등 대부분은 분노 때문에 만들어진다. 분노는 폭력, 욕설, 짜증과 신경질 그리고 무시 등 여러 형태로 나타난다. 화난 표정만으로도 상대에게 깊은 마음의 상처를 줄 수 있다. 분노는 표현하는 사람도, 그 대상이 되는 사람도, 둘 다 부정적인 감정에 휩싸이게 하면서 인간을 고통스럽게 한다.

그럼에도 인간은 분노한다. 분노는 인간에게만 있는 고차원적인 감정일까? 아니다. 분노는 동물들에서도 관찰된다. 동물에게 분노가 있다는 것은 분노가 생존에 필요하기 때문일 것이다. 물론 인간에게는 동물들에게서 관찰하기 힘든 분노의 형태가 있다. 인간만큼 분노를 많이 사용하는 동물은 없다.

인간의 분노는 생활이다.

동물들이 표출하는 분노의 이유

　다른 개체에 대한 공격성은 동물에게서 쉽게 관찰되는 감정이다. 원초적 분노의 원형은 공격과 방어에서 볼 수 있다. 공격하는 사자와 먹히지 않기 위해 뒷발질로 방어하는 얼룩말 모두 공격성을 보인다. 배가 부른 사자가 더 이상 공격성을 드러내지 않으면, 초식동물은 그런 사자 옆에서 유유히 풀을 뜯어 먹는다. 사자의 공격성이 사라진 것을 알기 때문이다.

　더 원형적인 분노는 움직임의 제한이 있을 때 나타난다. 곤충도 움직이지 못하게 하면 분노의 행위로 상대를 물려는 공격성을 보인다. 덫에 걸린 동물은 신체가 손상되더라도 피하기 위한 몸부림의 분노를 나타낸다. 빠져나오지 못하면 목숨을 잃는다는 걸 알기 때문이다. 움직이는 동물에게 행동의 제한만큼 두려운 것은 없다.

이렇게 생명이나 존재가 위협에 처하면 아드레날린이 분비된다. 스트레스 호르몬인 아드레날린은 심장박동을 빠르게 하고, 포도당 분해를 촉진시켜 혈중에 에너지원을 많이 대비시킨다. 관절과 근육에는 힘이 집중되어 근육이 긴장되고, 시야를 확보하기 위해 동공도 확대된다. 반면 내장기관에는 혈류가 줄어들고, 땀이 많이 나게 된다.

아드레날린의 분비가 높아지면 쉽게 폭력성이 나올 수 있다. 폭력성이 나오기 위한 준비 단계로 아드레날린이 분비된다고도 볼 수 있다. 새끼에게 위험이 감지되면 어미의 몸은 아드레날린을 분비시켜 위협을 가하는 대상을 공격할 수 있는 신체 상태를 만드는 것이다. 사냥을 하거나 포식동물로부터 쫓기는 동물에게서 아드레날린이 분비되고, 그러한 위협이 사라지면 다시 정상치로 돌아오는 것이다.

누구도
내 영역을 침범하지 말라

　동물에게 영역은 중요하다. 영역은 먹고 살기 위한 공간이고, 이는 생존과 직결되기 때문이다. 그래서 동물은 나름의 방식으로 자신의 영역을 표시하고, 그 영역 안으로 들어오는 침입자를 공격한다. 집단생활을 하는 펭귄은 자기 영역에 다른 집단이 침입하면 설령 새끼라도 무자비하게 공격한다.

　동물에게 영역은 두 가지로 구성된다. 먹고 살기 위한 공간으로서의 영역과 자신의 안전을 최소한으로 지키기 위한 영역이다. 먹고 살기 위한 영역은 집단에 속한 개체들이 함께 공유하지만, 안전을 최소한으로 지키기 위한 영역은 개인에 속한 사적 영역이다. 비록 같은 편이라는 것을 인식하더라도 자신의 사적 영역을 침범하면 공격 대상이 될 수 있다.

무리를 짓고 살지 않는 동물들이 상대를 사적 영역까지 들어오게 허용하는 것은 짝짓기 철에만 가능하다. 그 이외의 시기에는 암컷이건 수컷이건 사적 영역을 침범하면 싸움을 하게 된다. 하지만 짝짓기 철에는 이러한 경계가 일시적으로 해제되어 교미의 대상이 사적 영역에 들어올 수 있는 것이다. 결국 사적 영역이란 오로지 배우자에게만 허용될 수 있는 공간이며, 새끼를 기르는 동물은 이 사적 영역 안에서 새끼를 키우는 것이다.

서열, 강한 자가 군림하는 동물의 세계 – 경쟁

집단생활을 하는 포유류는 집단 내의 구성원에 대해 공격성을 보일 때가 있다. 가장 대표적인 것이 집단 내에서 서열을 정할 때 일어나는 구성원 간의 싸움이다. 이런 같은 편 내에서의 공격성은 상대가 복종하면 사라진다. 이 경우는 공격이 목적이 아니라 상대보다 윗 서열이 되는 것이 목적이기 때문이다. 발정기가 되면 공격성은 최고조에 다다른다. 이러한 공격성은 수컷들로 한정되는데, 남성 호르몬과 바소프레신의 분비가 수컷의 공격성을 증가시키기 때문이다.

서열이 결정되기 전까지는 모든 수컷이 긴장하며, 이는 원초적인 분노로 표출된다. 강한 자로 서열을 결정한다는 것은 이 경쟁에서 진 경우 자기 유전자를 후대에 전달시킬 수 없다는 걸 의미한다. 경쟁에서의 승자는 단 하나기 때문이다. 이런 경쟁구도는 인간 사회에서도 필연적으로 일어난다. 경쟁은 같은 집단에 속한 구성원들 사이에서 벌어지며, 인간에게는 성공이라는 결과를 가져온다.

바소프레신의 분비는 포유류 수컷들이 자기 영역을 지키고 발정기 때 다른 수컷이 암컷에게 접근하지 못하게 한다. 사랑의 행위와 미움의 행위가 한 호르몬에 의해 함께 유도되는 셈이다. 일부일처를 하는 포유류는 발정기가 아닌 시기에도 암컷과 새끼들을 보호하기 위해 공격성을 보이지만 일부다처를 하는 수컷은 집단 내의 새끼를 보호하지 않는다.

집단 간 공격성의 출현-전쟁의 기원
영장류인 원숭이는 집단 내의 지배력을 가지기 위해 서로 연합을 하고, 협력하여 상대를 공격한다. 앞서 언급했듯 대뇌피질의 용적에 따라 한 집단의 수가 20~30마리로 정해지는 원숭이의 경우, 집단의 수가 늘어나 얼굴을 인식할 수 있는 수 이상이 되면 무리는 둘로 나뉜다. 이 경우 두 무리가 함께 살 수 있는 공간이 확보되면 별 문제가 없다. 반면 공간이 확보되지 못해 생활권을 공유해야 하는 경우 두 무리는 전쟁을 하여, 상대 수컷이 전멸할 때까지 싸우게 된다. 이러한 집단 간의 충돌은 개인의 영역 보존과 같은 의미이기도 하다. 자원을 갖고 전쟁을 일으키는 것이 대표적인 예다.

미워하라,
그래야 사랑할 수 있다 1
- 나를 지키기 위한 분노

　지금까지 우리는 분노를 단순한 감정의 폭발로 치부해왔다. 화를 잘 내는 사람을 자칫 인간관계에 실패할 확률이 높은 사람으로 단정했으며, 부부관계에서도 싸움 한 번 없이 사는 게 좋은 관계라고 평가되었다.

　분노의 목적은 공격성 자체에 있는 것이 아니다. 나를 보호하기 위한 목적이 있다. 너와 나의 관계와 상관없는 분노도 있지만, 대부분의 분노는 '너'와의 관계에서 나온다. 너를 공격하는 것처럼 보이지만, 실은 너와의 관계에서 나를 지키고, 궁극적으로는 너와 나의 관계를 안정시키기 위함이다.

분노하는 관계만이 더 돈독하고 친밀해질 수 있다. 서로에게 아무 분노도 느끼지 못한다면 오히려 그 관계는 더 이상 앞으로 나아갈 수 없을지도 모른다. 그러니 지금부터라도 제대로 분노해야 더 나은 관계를 만들어갈 수 있는 것이다.

외부 공격에 따른 분노

자연 재해나 사고 등 외부로부터의 공격은 관계 형성 없이도 당할 수 있다. 멧돼지로부터 공격을 당할 수도 있고, 모기가 밤새도록 물어대도 짜증이 난다. 하지만 이러한 공격은 특별히 나에 대한 공격성의 표출이라기보다는 누구에게나 닥칠 수 있는 사고에 가깝다. 때문에 공격에 대해 분노할 수는 있지만, 이같은 분노는 오래 지속되지 않고 사라지는 경우가 많다.

관계에서 오는 분노

삶의 현장에서 발생하는 공격은 대부분 인간관계에서 나온다. 물리적이고 신체적인 공격을 받는 경우도 있지만, 말과 태도에 의한 공격을 받을 수도 있다. 비난, 짜증, 신경질, 공격적인 태도, 욕설, 위협적인 태도, 멸시, 비아냥거림, 비웃는 태도, 경멸과 같이 공격적인 태도는 셀 수 없을 만큼 많다. 적대적인 관계가 아닌 같이 사는 가족 내에서도, 친구와 지인 사이에서도 공격을 당할 수 있다. 제일 흔한 공격이 화를 내는 것이다.

화난 표정 때문에 일어나는 분노

직접적인 물리적 충격을 가하지 않아도 다른 사람의 화난 표정을 보는 것만으로도 인간은 고통스럽다. 별 의미 없는 신경질이나 습관적인 짜증이 사랑하는 사람들의 뇌에서 갈등과 공포, 역겨움 그리고 과거의 아픈 기억을 회상시켜 고통을 주고 마음을 지치게 하는 것이다.

행동 제한에 따른 분노

차가 막혀도 짜증이 나고, 원하지 않는 것을 강요당하거나 하고 싶은 것을 못하게 해도 화가 난다. 비행기를 탈 때 공포를 느끼는 것도, 엘리베이터 타는 것을 두려워하는 것도 모두 행동을 제한당한다고 느끼는 것이다. 거절을 당하거나 해야 할 일이 풀리지 않는 것도 행동의 제한이 되어 분노하게 된다.

심리적인 제한으로 인한 분노

행동의 제한은 물리적인 상황에서만 유발되는 것은 아니다.

꼭 가고 싶은 MT를 부모가 가지 못하게 하거나 특정인과의 결혼을 반대하는 것 같은 경우도 분노를 일으킨다. 일요일은 집에 있으라는 아내의 요구가 남편의 극단적 화를 불러오기도 하고, 일찍 들어오라는 부모의 전화에 생각지도 못한 분노로 반응하는 자녀도 있다. 행동의 제한은 생활 전반에서 늘 일어나기 마련이다. 사는 양식과 하고 싶은 것이 다른 인간들은 서로를 규제할 수밖에 없다. 이런 규제가 늘 분노 반응을 일으키는 것이다.

나를 가만두지 않으면
분노할지도 몰라

    인간은 하고 싶지 않은 것을 강요당할 때도 분노를 일으킨다. 이때의 문제는 행동을 제한하는 쪽에서 행동의 제제를 받는 상대가 얼마나 큰 분노를 가지게 되는지를 모른다는 사실이다. 제재를 가하는 쪽은 '그릇된 행동'을 교정하고 '긍정적인 행동'을 하라고 한 것이기에 자신의 지침은 정당하다고 생각한다.

    삼수를 하던 아들의 태도가 돌변했다. 갑자기 공격적으로 변해 엄마에게 잘못을 빌 것을 강요한 것이다. 자기가 얼마나 고통을 받았는지 똑같이 느껴야 한다는 것이다. 급작스런 아들의 행동에 위협을 느낀 엄마는 사과하고 그 자리를 피하려 했지만, 아들은 나가는 엄마를 가로막았다. 엄마는 그렇게 무서운 아들의 얼굴을 본 적이 없다. 배가 아프다는 핑계를 대고서야 겨우 자리를 피할 수 있었다.

대부분 이런 일은 착한 아들에게서 일어난다. 성격이 나쁜 것도 아니고, 엄마와 사이가 나쁘지도 않고, 마냥 착하던 아들이 이런 행동을 하는 이유는 무엇일까? 발단은 밤늦게까지 게임을 하는 것이 싫어 아들이 보는 앞에서 컴퓨터 선을 끊었기 때문이다. 아들은 순간 발작하듯 폭력적으로 변했다.

아들이 엄마에게 폭력적인 행동의 제한을 받았다고 느꼈기 때문이다. 아들은 평소 행동을 규제하는 엄마에게 불만을 가지고는 있었지만, 게임을 그만하라고 말로 하는 것과 컴퓨터 선을 가위로 자르는 행위는 받아들이는 입장에서 엄연히 달랐던 것이다. 아들은 자신이 먼저 잔인한 개입을 받았다고 생각한 것이다.

시험 기간 중 공부는 하지 않고 게임만 하는 아이를 그대로 두고 볼 엄마는 없다. 세상 모든 엄마는 자식이 무능하게 되는 것을 가장 두려워한다. 하지만 아들을 둔 엄마는 꼭 알아야 한다. 아들들이란 통제를 받으면 종종 자제력을 잃는다. '잘못된 행위를 고치기 위한' 엄마의 행위가, 아들에게는 더 원천적인 '행동의 통제'로 받아들여지기 때문이다.

아들은 통제를 받는 무능력자가 되었다고 느끼는 것이다. 남성호르몬이 왕성할 때는 통제에 대한 강한 저항을 드러내는데, 이는 독립의 욕구 때문이다. 통제를 받아들이면 순간 남성호르몬의 분비는 줄어들고, 그러면 굴욕감과 함께 패배감까지 느끼게 된다.

어머니에게 폭력을 사용한 아들의 행위는 어떤 이유였든 용서받을 수는 없지만, 어머니도 자신의 공격적 개입이 아들 입장에서는 자유의지를 폭력적으로 규제받는 것으로 받아들여질 수 있다는 것을 알아야 한다.

인간에게 행동의 통제는 그만큼 고통스러운 것이다.

내가 살고 싶은 대로
살 수 없다는 것

　부부만족도라는 검사가 있다. 부부 치료 초기 진단용으로 가장 널리 사용되는 검사 중 하나로 배우자에 대해서 얼마나 만족하는지를 알아보는 검사다. 만족하고 있다고 생각하는 사람은 많지 않다. 더구나 갈등으로 상담실을 찾는 사람들이라면 그 결과는 어쩌면 당연하다.

　한 부부가 상담실을 찾았다. 부인은 모든 면에서 만족한다는 결과가 나왔는데, 반대로 남편은 만족하지 못했다. 남편은 자기 욕구는 포기하고 부인에게 다 맞춰왔기 때문이다. 남편은 부인과 아이와 있을 때는 덤덤하지만 친구들과 만날 때는 신이 난다. 어느 날 남편은 이혼을 결심한다. 그렇게 좋던 남편이 한 번의 망설임 없이 절망적인 이혼을 선택한 것이다. 어떤 설득도 소용없었다. 남편은 도망치듯이 이혼을 결심한 것이다.

정도의 차이는 있지만, 이런 남편들이 의외로 많다. 상대는 행동의 제한을 하지 않는데 스스로 상대에게 맞춰주느라 자기가 하고 싶은 대로 살지 못하는 것이다. 부모의 눈치를 보거나 배우자의 눈치를 보거나 또는 상사의 눈치를 보며 하고 싶은 것을 제한하고 산다. 그것은 필연적으로 분노를 축적시켜 최악의 경우 절망적인 단절을 이끄는 경우가 많다.

영역의 침범 때문에 생기는 분노

앞에서 무리 생활을 하는 동물들조차도 집단에 속한 개체들과 일정한 영역을 지키며 살아간다는 점을 언급했다. 이는 자신의 안전을 지키기 위한 최소한의 사적 영역으로, 이러한 사적 영역을 침범할 경우 설령 같은 무리의 동료라 해도 공격성을 보인다고 했다. 우리나라에서 가족 내 갈등의 주요 요인 중 하나인 고부갈등의 경우도 마찬가지다. 수많은 고부 간 갈등 중 하나가 바로 사적 영역의 침범이다.

며느리는 시어머니가 냉장고 청소를 해주는 것이 싫다. 시어머니는 바쁜 며느리를 위해 청소를 해준다는 이유로 집 비밀번호를 당당히 알려 달라고 한다. 시어머니는 한술 더 떠 아들의 속옷까지 정리해 주는 통에 며느리와 시어머니의 관계는 최악으로 치닫고 있다.

관계가 나쁜 이유는 당연하다. 시어머니는 도와주는 것이지만, 며느리 입장에서는 사적 영역을 침범당하는 것이기 때문이다. 하물며 아이들도 성장하면 사적인 영역을 가지려고 하는데, 며느리는 어떻겠는가? 사적 영역을 상대에게 얼마나 허용하는가는 친밀도에 의해 결정된다. 성장한 아이들에게 어머니는, 어머니가 자식을 생각하는 만큼 친밀하지 않다. 더구나 결혼까지 한 성인인 경우에는 말할 필요도 없다.

너와 나의 몸이 구분되어 있는 한 사적 영역은 존재한다. 모든 관계는 개인이 먼저 있고 난 후 존재하기 때문이다. 개인의 안전이 사회의 안전에 우선한다. 그래서 개인이 불편하면서 사회가 안전할 수는 없다.

아무리 사랑하는 부부라고 해도 손을 잡고 잠들 수는 없다. 이유는 단순하다. 너무 불편하기 때문이다. 관계의 목적은 두 사람이 합쳐 하나가 되는 것이 아니라 서로 간의 교류가 주는 행복에 있다. 합쳐지는 순간 행복은 사라진다. 그래서 가장 가까운 부부라도 사적인 영역은 존재해야 한다. 사적 영역은 '너'가 있어서 '내'가 행복한 만큼, 존재해야 한다. 너와 내가 합쳐 하나가 되는 순간 관계의 행복은 사라진다. 다시 고독이 시작되는 것이다.

너로부터 적절한 대우를 받지 못했을 때 생기는 분노

내가 받아야 한다고 생각하는 것만큼 적절한 대우를 받지 못한다고 느낄 때도 분노가 출현한다. 동물의 서열을 만드는 과정에서 유래된 분노로, 서열에서 정당한 대접을 받지 못할 때 표출되던 분노가 일반화한 경우다. 상대의 무시, 비아냥거림, 냉소 그리고 명예훼손과 같은 행동에 우리는 분노로 대항한다.

너와 나의 관계에서 우리는 늘 그에 상응하는 대우를 받았는지를 체크한다. 그러기 위해 상대의 행동을 분석하고 과거의 사례를 회상하고 다른 사람들의 관계를 참조한다.

술 먹고 어머니를 괴롭히는 아버지를 아들이 무력으로 제압한다. 이후 아버지는 아들을 보지 않는다. 아버지로서의 대우를 받지 못했다고 생각하기 때문이다. 얽히고설킨 인간관계는 일단 관계가 형성되면 구성원들은 그에 따른 위치가 결정되며, 자신의 위치에 손상이 있다고 생각할 때 분노가 표출된다.

문제는 '받는 쪽'의 상처를 '주는 쪽'이 알지 못하는 경우다. 더구나 관계의 규정이 개인이나 문화에 따라 너무나 다른 경우, 상대의 상처를 알기란 더더욱 어렵다.

불공정한 관계가 지속되면서 생기는 분노

너와 나의 관계가 동등하지 않고 불공정한 관계가 지속되면 화를 불러일으킨다. 특히 자기주장을 못하고 거절하지 못하는 사람에게 많이 일어난다. 착하다는 평가는 받지만 시간이 지날수록 마음속에 억울함은 쌓인다. 나중에 착함은 의무처럼 된다.

결혼 전 여자에게 너무 잘해주던 남자는 결혼생활이 어려울 수 있다. 남자는 연애 때만큼은 아니지만 잘한다고 생각하는데, 여자는 변했다고 불평할 수 있기 때문이다. 남편은 다른 남자들에 비해 잘해주는데도 비난받아 억울하고, 부인은 남편에게 당한 느낌이 드는 것이다. 남자는 자신이 아내를 그렇게 만들었다고 생각하지 못하고, 아내가 성격적으로 요구가 많고 불평이 많은 여자라고 치부하기 싶다. 그러면서 아내에게 심리적 거리를 두게 된다. 마음이 멀어지니 귀가 시간이 늦어지고 말투가 점점 퉁명스러워진다.

결혼 초기 내면의 화는 남편이 더 크지만, 부인 역시 남편의 늦은 귀가와 시큰둥한 태도 때문에 점차 분노가 축적되기 시작한다. 그러다가 결국 어느 순간 한계점에 다다르게 된다. 제삼자의 입장에서 보면 두 사람 모두 피해자다. 부인은 자신을 그렇게 만들어놓은 남편이 느닷없이 화를 내고 사랑을 차단하는 것이 힘이 들고, 남편은 아무리 잘해도 아내로부터 끝없는 공격을 받는 것이 힘이 든다.

꿈속에서 유독 약한 사람들에게 화를 내는 자신 때문에 괴로워하는 청년이 있다. 성격이 착해 주변에서 평판이 좋은 청년인데, 그런 자신이 약한 사람에게 공격적인 행동을 하는 꿈을 꾼다는 사실이 괴롭고, 그것 때문에 죄책감에 시달리게 된 것이다.

원인은 약한 사람들의 요구를 거절하지 못하는 데서 온 것이다. 강하다고 생각하는 사람들의 요구는 거절할 수 있지만, 약자인 여자나 노인의 요구를 거절하지 못하다 보니 회사에서 힘든 일은 본인이 도맡아서 하고, 처지가 어려운 노인들의 잘못된 요구를 들어주는 바람에 회사에 금전적인 피해를 주게 된 것이다.

이런 사람들은 거절을 하는 상황이 되면 뇌에 고통을 느낀다.

거절당하는 사람들의 처지가 그대로 자신에게 감정이입이 되어 동일한 고통을 느끼기 때문이다. 또 거절당한 사람이 자기에게 가할 비난이 너무 괴로워서일 수도 있다. 착한 사람으로 평가받는 사람 가운데 많은 사람이 거절을 못하는 사람일 수도 있다. 결국 거절을 못해 자신에게는 손해가 쌓이게 된다.

행위에 대해 제대로 평가받지 못해 생기는 분노

내가 상대에게 행한 선의의 행위에 대한 평가나 응답이 없거나, 제대로 이루어지지 않을 때 역시 분노가 쌓인다. 특히 자신이 주는 것에 비해 받는 것이 부족한 상황이 지속되면 분노는 계속 쌓이게 된다.

친정엄마에게 제일 마음을 쓰는 건 둘째딸이었다. 엄마도 힘든 일만 있으면 둘째딸에게 연락하고 의지했지만, 정작 재산은 모두 장남에게 몰아주었다. 그런데 몸이 아프게 되자 아들에게는 어떤 요구도 하지 않고, 아무것도 주지 않은 딸에게만 연락을 하는 것이다. 어느 날 그런 현실을 더 이상 참을 수 없어 엄마에게 화를 냈지만, 엄마는 딸의 아픔을 전혀 모르고 있었다. 그 사실에 더 화가 난 딸은 더 이상 명절에도 찾아뵙지 않게 되었다. 그랬더니 이제는 동생

들까지 나서서 나이 드신 엄마에게 어떻게 그럴 수 있느냐고 되레 공격을 퍼붓기 시작했다. 딸은 이제 더 이상 화내는 것도 귀찮고 인간들과 관계 맺는 것이 두려운 생각까지 든다.

사람들은 사랑하는 사람에게 칭찬을 받기 위해, 혹은 대가를 바라고 잘하는 것은 아니다. 하지만 나의 행동에 대해 상대가 그에 합당한 반응을 하는지 뇌가 자동적으로 분석을 한다. 불균형이 심하면 의지와 상관없이 분노가 나오게 되는 것이다. 게다가 그 불공정함에 대한 호소를 하였을 때 그에 대한 합당한 평가가 나오지 않으면 분노는 더욱 증폭될 수 있다.

교류가 제대로 이뤄지지 않았을 때 생기는 분노

상대와의 교류가 제대로 이뤄지지 않을 때도 분노가 발생한다. 이는 원인을 알아채기 어려운 형태의 분노다. 생활 속에 수없이 많이 일어나지만 그 현상이 쉽게 노출되지는 않기 때문이다. 상대가 내가 말하는 것을 못 알아들으면 답답하고, 이를 반복하다 보니 화가 난다. 원하는 바를 정확히 알지 못하는 상대에게도 짜증이 난다.

경우에 따라 사람들은 사랑하는 사람이 자신의 마음을 잘 알

것이라고 추정한다. 내 말을 알아들으면 신이 난다. 잘 통한다고 생각하기 때문이다. 다른 사람과의 교류가 잘되면 기분이 좋아지고 그렇지 못하면 짜증이 나거나 화가 난다. 인간은 변연계 공명을 하고 살아 왔기 때문에 무의식적으로 서로가 통하고 있다는 것을 알고 있다.

때문에 상대가 자신의 마음을 잘 알고, 마찬가지로 자신도 다른 구성원의 마음을 알고 있다고 생각한다. 거울신경세포의 기능으로 우리는 무의식적으로 상대방과 연결되어 있는 것을 느끼지만, 우리가 알고 있는 상대방의 실체는 그의 행동을 복제해 내가 그런 행동을 하는 것을 가정해 유추한 것이지 실제 상대의 마음은 아니라는 사실은 앞서 기술하였다.

상대의 마음을 알고 있다는 우리의 가정이 잘못된 것처럼, 상대가 내 마음을 알고 있으리라는 추정도 그만큼 잘못된 것이다. 그래서 관계 속에서 상처를 받는 사람은 나에게 상처를 준 상대가 자신이 아픔을 준 사실을 알고 있을 거라 추정하지만, 실제로는 상처를 준 사실조차 모르는 경우가 대부분인 것이다.

부부 사이의 갈등 중 잘 풀어지지 않는 경우는 대부분 여기에 해당된다. 인간이 상대적으로 타인의 마음을 잘 읽는 것은 맞지만, 그렇다고 그렇게까지 정확하게 알고 있지는 않기 때문이다.

사랑이 충족되지 못했을 때 일어나는 분노

두 사람이 만나 연인이 되면, 연인으로서의 의무가 생긴다. 전화를 자주 하지 않는 것이 불평의 이유가 될 수 있고, 자주 만나지 못하는 것도 관계를 해치는 것으로 간주되어 공격당할 수 있다. 내가 어려운 일을 당했는데도 상대가 반응이 없다면 섭섭함을 느끼게 된다. 관계가 형성되면 권리처럼 상대에게 요구하는 것이 생긴다. 그러한 서로의 요구는 서로에게 의무가 된다. 그 의무를 지켜주지 않으면 부정적인 감정이 생긴다. 사랑을 주고받는 과정에서 벌어지는 이런 상황이 남녀 간에 가장 흔한 화의 원인이 된다.

가족 구성원 사이도 마찬가지다. 서로 바라는 것이 생기고 이것이 이루어지지 않으면 분노가 생긴다. 자녀에게 냉담한 부모는 자녀가 성장한 뒤에 외면당할 수 있고, 놀아주지 않은 아버지는 의무를 다하지 않은 것으로 간주되어 미움의 대상이 되기도 한다. 아내의 생일을 잊어버린 남편은 무심하다는 말을 들을 수 있으며, 부부관계를 피하는 남편은 아내로부터 사랑하지 않는다는 공격을 받을 수 있다.

삶 속에서 당연히 있어야 한다고 느끼는 사랑이 충족되지 않아 분노하는 것이다. 친밀한 행위가 지속되지 못하면 그 애착의 관계는 약해진다. 그 관계를 유지하고 싶다면 그만큼 사랑하는 행위를 해야 한다. 두 사람 사이에 끊임없는 변연계 공명이 이루어져야 하는 것이다. 그런 지속적인 행위가 이루어지지 않으면 관계의 유대감이 떨어지면서 사랑의 허기를 느껴 그에 따른 화가 나게 되는 것이다.

내 머리가 힘들어질 때 일어나는 분노

남자들은 해결해야 할 일이 있어 논의를 하자고 부인이 말을 걸면 버럭 화를 내기도 한다. 아이들 등록금도 내야 하고 시부모님 생신도 가까워졌는데, 돈 얘기를 꺼내지 못하게 하는 남편을 이해할 수 없다. 회피한다고 문제가 해결되는 것도 아닌데 말이다.

하지만 남자들은 당장 해결할 수 없기에, 실마리가 보일 때까지 자기를 놔두라고 항변한다. 풀리지 않는 문제로 뇌를 사용하는 것은 기계를 공회전하는 것과 같다고 생각하기 때문이다. 생각해봤자 머리만 아플 뿐 문제 해결이 어려운 주제를 계속 말하는 것은 남자를 고통스럽게 한다. 그런 주제를 계속 이야기하자는 것은 남자에게 풀지 못할 것을 뻔히 알면서 무능력하다고 비난하는 것으로 받아들여지기 때문이다.

여자는 문제가 있으면 대화를 통해 문제 해결의 실마리를 찾는 것도 중요하게 생각하지만, 그보다는 그 어려움을 남편과 함께 나누려는 마음이 더 강하다. 하지만 남자는 자신이 아내의 어려움을 풀어 주어야 하는 해결사 기능만 있는 것으로 인식한다. 그래서 문제 해결의 실마리가 윤곽을 드러내야만 말을 시작한다.

현대의 여성들은 남성들에게 그렇게 무리한 기대를 하지 않는다. 현대 여성들은 문제의 해결사보다는 대화할 상대를 더 원하기 때문이다.

내가 불안해져서 생기는 분노

아내가 잠깐 백화점에 들어가서 물건만 잠시 반품하겠다고 해서 차를 혼잡한 길거리에 세웠다. 그러나 아내는 5분이 지나도, 10분이 지나도 나오질 않는다. 저쪽에 교통순경이 있는 것을 알고 갔는데도 이런 행동을 한다. 매번 그렇다. 자기 일을 보는 것이 중요하지 남편인 내가 곤욕스러워하는 것은 안중에도 없다.

나를 불안한 상황에 빠뜨리는 것도 분노의 원인이 된다. 늦게 들어오는 딸도, 운전을 거칠게 하는 남편도 나를 불안하게 만들수 있다. 그러면 분노 반응이 나오게 된다. 불안한 상황에 처하면 분노가 나올 순 있다. 하지만 이런 상황에서 많은 경우는 상대의 행위를 왜곡되게 인지하여 생기는 경우가 많다. 아내가 나의 불안을 감안하지 않았다는 것이 분노의 원인이 된다. 문제는 아내가 나의 불안을 감안하지 않았다는 그 전제가 현실에서는 잘못 유추되는 경우가 대부분이라는 것이다. 아내는 남편이 기다리는 것을 알기에 허둥지둥 하다가 다른 물건을 잊고 왔을 수도 있고, 남편이 기다린 그 시간이 아내가 일을 처리하기에 충분한 시간이 아니었을 수도 있다. 나를 불안에 빠뜨릴 때는 내 불안도 중요하지만 불안에 빠뜨리려는 상대의 현실 상황과 의도를 정확히 알아보면 왜곡된 추정으로 인한 분노를 줄일 수 있다.

나를 보호해 주지 않을 때 생기는 분노

여자들은 사랑하는 남자가 자신을 보호하지 않는 것을 견딜 수 없어 한다. 신체적인 위험이 다가왔을 때 이를 해결하는 남자처럼 멋진 존재는 없다. 그럴 경우 여자의 몸에서는 엔돌핀이 나오게 되어, 그 사랑하는 상대를 생각할 때마다 안정감을 느끼게 된다. 반대로 자신을 보호해 주지 않는 남자는 남자로서의 가치가 사라지고, 분노의 대상이 된다. 같은 편이 되어 주지 않는 것, 아픔을 몰라주는 것 등이 여기에 해당된다.

미워하라,
그래야 사랑할 수 있다 2
-나와 나의 집단을 위한 분노

　분노가 항상 타인을 향해서만 일어나는 것은 아니다. 때로 분노가 자신에게 향하는 경우도 많다. 자신에 대한 공격성이 작동되어서라기보다는 더 나은 삶을 살지 못한 것에 대한 자책이다. 효율적이지 못한 '나'에 대한 분노다. 마찬가지로 사랑하는 사람에 대해서도 상대가 더 나은 삶을 살지 못하는 것에 대한 분노가 나올 수 있다.

나 자신에 대한 분노

　최선을 다하지 못하는 나에 대한 분노는 인간 뇌의 기본 속성에 의한 것이다. 뇌는 항상 그 상황에서 가장 효율적인 행동을 선택하는데, 잘못 선택하는 것은 생존에 치명적이기 때문이다.

따라서 효율적이지 못한 나의 선택에 공격성이 나타난다. 잘 알아보지도 않고 물건을 비싸게 산 자신에게 화가 나고, 시험에 떨어진 나를 자책한다. 노력하지 않는 나, 게으른 나에 대해서도 마찬가지다. 값이 오르지도 않을 집을 사거나, 반대로 팔지 말아야 할 집을 팔았을 때, 주식을 잘못 사서 손해를 보는 경우, 일을 잘못 처리한 경우에도 나에 대한 분노가 나온다. 사회적 자아로서 다른 사람에게 해를 끼친 행동을 했을 때도 강한 분노가 자신을 향한다.

내 편인 너를 위한 분노

나 자신에 대한 분노와 유사한 감정이 나만큼 소중한 너를 향해 나온다. 자식이 최선을 다하지 않거나 공부를 열심히 하지 않으면 화가 나고, 아내가 신변에 위험한 일을 한다고 생각해도 화가 난다. 상대가 갖고 있는 능력을 발휘하지 못하거나 너와 나 양쪽에 손해를 입힐 때도 화가 난다. 이러한 분노는 상대에 대한 애정을 바탕으로 발생하는 분노다.

간경변인 아버지의 간이식을 위해 딸은 수술대에 올랐다. 딸은 늘 아버지 건강이 걱정된다. 추운 겨울날 노점상을 하는 딸 모르게 아버지는 수술한 지 100일도 되지 않은 몸을 이끌고 딸의 가게 주변을 청소하기 위해 나갔다. 그 모습을 본 딸은 아버지에게 참을 수 없이 화를 낸다.

딸이 아버지를 사랑하기에 생겨나는 분노다. 사랑하는 소중한 대상이 아무리 나를 위한다고 하더라고 스스로 위험한 상황에 들어갔기 때문이다. 이처럼 사랑하는 사람들 사이에도 역설적으로 사랑하는 사람이 더 아프게 될까봐 분노가 터져 나오는 것이다. 그게 인간이다.

도구적 분노

화를 잘 내는 직장 상사가 많다. 아래 직원을 훈육시키기 위해 분노를 도구로 사용하는 것이다. 조직을 위해서라고 하지만, 성취를 위해 직원을 혹사시키는 것일 수도 있다. 조직원에 대한 이런 도구적 분노는 즉각적인 일의 효율성을 높일 수는 있지만, 장기적으로는 그 결과가 긍정적이 될 수 없다. 특히 문화가 발달된 사회에서는 도구적 폭력은 부정적인 결과를 초래하기 쉽다.

공부를 하지 않는다고 화를 내고, 남편의 행동을 교정한다고 화를 내는 것도 여기에 해당한다. 화를 내는 당사자는 상대를 위한 행동을 한 것이기에 화의 대상이 되는 구성원의 정신적 고통을 그만큼 알지 못한다.

자녀의 잘못을 고치겠다고 화를 내는 아버지, 짜증이 심한 어머니, 형제들에게 습관적으로 신경질을 내는 아이들도 여기에 해당한다. 화가 행동을 교정하기 위해, 그리고 더 나은 결과를 갖기 위해 작동되지만, 실제로는 목적 달성에 효율적이지 않으면서 지속적으로 부정적 감정만 주는 결과를 초래할 수도 있다. 특히 보편적인 정도를 넘어 지나치게 화를 내는 경우 양쪽 다 불행한 삶을 살게 된다.

사회적인 의무에서 도리를 다하지 않는 너를 향한 분노

관계가 형성되면, 그 관계를 유지하기 위해 필요한 의무가 서로에게 지워진다. 그 의무가 이행되지 않으면 관계는 해체될 수도 있다. 집단을 구성하는 경우도 마찬가지다. 집단이 유지되기 위해서는 구성원들이 해야 할 의무가 있다. 그런 의무를 하지 않는 '너'에 대해서는 분노가 나온다. 그러므로 이러한 분노는 기본적으로 친밀한 관계에서 나타나는 분노라고 할 수 있다.

가령 회비를 내지 않는 구성원에 대해 화를 내는 경우가 있다. 자기가 필요한 경우만 참석을 하고 그렇지 않으면 나오지 않는 구성원도 미움의 대상이 된다. 전통적으로 아버지는 가정의 경제와 가족의 안녕을 책임지고, 어머니는 자녀의 양육을 책임진다. 그래서 과거에는 경제 활동을 하지 않는 남편과 살림에 무심한 여성은 비난을 받았다. 최근에는 남녀가 함께 경제를 책임지고 양육을 한다. 그런데 그에 합당하게 일을 분담하지 않으면 상대에게 화가 날 수밖에 없다. 맞벌이를 하면서, 여자가 육아와 가정일을 더 해야 한다고 생각하는 것은 여성에게 분노를 일으킨다. 시댁은 갈등이 있다고 가길 거부하면서 친정은 편하다고 자주 가는 아내도 남편의 입장에서는 분노를 일으킬 수 있다.

내 편이 아닌
너에 대한 분노

'나'의 존재를 가능케 하는 '너'의 범주에 드는 것은 다양하다. 나만큼 소중한 '너'가 있는 반면, 나와 갈등관계에 있는 너도 있다. 큰 집단에서는 같은 편인 '너'지만 소집단으로 나뉘면 갈등관계에 있는 '너'로 규정되기도 한다. 예를 들어 형제는 동네 친구들과 싸울 때는 나만큼 소중한 '너'지만, 부모의 사랑을 나눠 가질 때는 갈등관계의 '너'가 될 수 있다.

경쟁관계에 있는 상대에 대한 분노
아이들이 흔히 갖는 아픔 가운데 하나가 동생이 태어나는 순간이다. 성장하여 같이 놀 때는 형제만큼 필요한 존재가 없다. 하지만 동생이 태어난다는 것은 자신이 부모로부터 100%의 사랑을 받다가 한순간 50%로 줄어드는 것을 감수해야 한다는 뜻이다. 사실 그만한 고통은 없다.

옆자리의 동료는 일하고 같이 지낼 때는 친구처럼 소중하지만 진급의 경쟁 상대가 되면 갈등관계가 된다. 경쟁에서 지지 않기 위해 스트레스 상황에 있게 되고, 충돌이 생겨서 미움이 만들어지고, 그러다보면 조그마한 충돌도 분노로 변할 수 있다.

경쟁관계에 있는 상대에 대한 분노는 원초적으로 생존과 관련되기에 그 분노의 양이 클 수 있다. 하지만 부모는 동생을 미워하는 것을 용납하지 않는다. 오히려 반대로 본능과 달리 동생에게 잘하는 경우 그에 따른 보상을 준다. 그래서 외형적으로는 협조하나 내부적으로는 경쟁하는 태도를 취하게 된다.

적대적으로 다른 집단에 속한 사람에 대한 분노

개인과 개인의 경쟁을 뛰어넘어 내가 속한 집단과 경쟁관계에 있는 집단의 구성원에게도 쉽게 분노가 발생할 수 있다. 사회 질서가 발달되면서 경쟁관계에 있는 사람들이 서로 간 공격성을 보이는 것이 법적으로 규제되면서 폭력적인 행동은 줄어들었지만, 지금도 축구 경기장에는 훌리건들이 존재한다. 집단 간의 경쟁상황이 되면 남성호르몬의 과다분출로 쉽게 충돌이 일어나고 폭력성이 나올 수 있다.

이웃 나라를 미워하는 것도 마찬가지다. 하지만, 사회의 발전에 따라 그런 눈 먼 폭력성은 문명인의 지탄 대상이 된다. 씨족 간의 경쟁과 전쟁은 시간이 지나면 씨족들의 연합에 의한 부족이 되고, 이후 국가가 탄생한다. 씨족 간의 다툼이나 국가 간의 미움도 마찬가지다. 시간이 지날수록 인류는 점차 하나의 세계 집단에 속하게 된다. 그런 관점에서 보면 국가 간의 경쟁도 미래에는 하나의 사회에 속할 사람들 간의 충돌에 지나지 않게 된다.

작은 집단 구성원이 다른 집단의 구성원에 대해 느끼는 분노는 궁극적으로 더 큰 집단에 부정적인 영향을 끼쳐 큰 집단 구성원들의 분노 반응을 일으킨다. 자기 정당 사람만 옳고 다른 정당은 모두 문제가 있다고 공격하는 것도 마찬가지다. 그런 이분법은 전체의 발전적 통합에 아무 도움도 되지 못한다.

'나'와 직접 관계가 없는 '너'에 대한 분노

사회가 유지되기 위해서는 규칙과 질서가 필요하다. 물론 인간의 모든 삶을 법과 조례처럼 객관적으로 문서화하는 것은 불가능하다. 너무 광범위하고 다양한 조합이 있기 때문이다. 그래서 의식의 영역에서 다 다뤄질 수 없는 것이다. 따라서 대부분의 규칙은 무의식적으로 저장되어 있다가 '사람은 이래야 한다'라는 형태로 나타난다. 문제는 사람들마다 추구하는 사회질서가 큰 틀에서는 유사하지만 세부적으로는 일치하지 않는 부분이 있다는 점이다.

나와 직접적인 관계가 없는 사람에 대한 분노는 공공의 질서를 어지럽힐 때, 유명인이나 공인 등이 잘못을 저지를 때, 그리고 원래는 알지 못하지만 일시적으로 관계가 맺어진 사람이 나에게 피해를 줄 때 등 다양하게 나타난다.

첫째, 모르는 집단 구성원을 향한 분노를 살펴보자. 나와 특정한 관계가 형성되지 않은 사람이라도 누구에게나 명백하고 보편적인 사회질서를 무너뜨리면 분노가 나온다. 명절 귀향길에 모두 막힌 도로를 가고 있는데, 얌체처럼 갓길을 달리는 사람을 보면 화가 난다. 막힌 도로 자체가 행동을 제한시키기에 분노가 나오는데, 사회 질서를 어기는 사람까지 보면 분노는 급상승한다. 다들 줄을 서서 기다리는데 새치기를 하는 사람에게도 화가 나고, 세금을 내지 않으면서 호화 생활을 하는 사람에게도 화가 난다. 불량식품을 만드는 사람이나 차선을 이리저리 옮기며 난폭운전을 하여 다른 사람을 위험에 처하게 하는 사람에게도 분노가 나온다.

이러한 분노는 객관적이고 명확해서 사회 구성원 모두가 동의할 수 있는 경우에 한한다. 개인적인 가치관에 따라 사람마다 다를 수 있는 규칙은 그 개인에 한정되고 집단으로 퍼지지 않는다. 사회질서 교란에 대한 분노의 원형은 과거로부터 존재해 왔다. 과거에는 규칙 위반에 대해 더 폭력적으로 집행된 경향이 높았다. 오늘날 문명의 발달에 따라 폭력성은 완화되었지만, 여전히 지탄의 대상이 되거나 심리적 분노의 대상이 된다.

둘째, 직접 접촉이 없으나 인지하고 있는 사회 구성원에 대한 분노다. 나와 직접적인 관계를 맺고 있지 않고, 내가 속한 집단과 경쟁하는 집단에 속하지도 않지만, 사회 지도층에 속하거나 인지도가 높아 사회적으로 일정한 위치를 가진 사람이 도덕적 해이를 보이면 분노를 표출한다. 잘못을 저지른 유명 연예인이나 정치인을 비방하는 것이 이에 해당한다. 서열이 높은 사람에 대한 사회적 책임을 요구하는 것이다. 일반인들이 자녀의 학군을 위해 위장전입을 하는 것도 지탄의 대상이 되지만, 정치인의 경우는 그러한 잘못에 대한 분노와 공격의 수위가 훨씬 높다.

사회 지도층에 대한 분노는 가치관이나 정치적 견해에 따라 태도가 달라지기도 한다. 같은 편이라고 생각하면 분노를 야기시키는 원인에 대해 관대하지만, 정치적인 견해가 다르거나 개인적인 호감도가 떨어진다고 생각하면 분노의 강도는 강해진다. 그래서 객관적이고 명백한 기준이 존재할 수 없다. 평가하는 사람의 기준에 의한 경우가 많다.

공인이나 유명인에 대한 사회 구성원의 분노는 자칫 여러 문제점을 낳기도 하는데, 우선 잘못에 대한 처벌이 지나치게 가혹할 수 있다. 더 큰 문제는 잘못된 정보에 의한 규정이 교정되기 어렵다는 점이다. 2008년 세상을 떠난 최진실 씨는 연예인이면서 고리대금을 했다는 오해가 대중의 분노를 일으킨 예다. 잘못된 단정이 여러 사람에게 퍼져, 그것이 마치 사실인 것처럼 만들어지는 것이다. 인터넷에서는 특유의 익명성과 빠른 전파 속도 때문에 그릇된 정보가 교정되기 어렵다.

셋째, 개인적 관계가 일시적으로 맺어진 사람에 대해 발생하는 분노를 살펴보자. 개인과 개인이 만나 관계가 맺어지면 그 관계에 따른 질서가 만들어진다. 누군가를 안다는 것은 친밀감이 형성되기도 하지만 분노의 대상이 되기도 한다. 운전하면서 화를 내는 사람이 많다. 위험을 초래할 수 있는 스트레스 상황 때문일 수도 있고, 양보해 주지 않아 화가 나는 경우도 생긴다. 그러다가 직접 싸우는 경우도 있다. 일시적 관계가 형성되는 것이다. 접촉 사고가 나기라도 하면 더 강한 관계가 형성된다. 친밀한 관계로서가 아니라 사회적 이익이 달려 있기에 중요한 관계가 된다. 이렇게 관계가 형성된 경우는 종종 욕설이나 주먹다짐으로 발전되기도 한다. 그런 관계가 형성되지 않았다면 절대로 할 수 없는 행위가 관계가 맺어지는 순간 나올 수 있는 것이다.

'분노 조절 기능'의 해제

때때로 정당한 분노를 내야 하는 경우가 있다. 가족을 보호하거나 사회질서를 극악하게 해치는 사람을 공격하기 위해서다. 이런 상황을 설정한다. 어머니에게 누군가가 해를 끼치는 상황을 생각하게 하고 fMRI를 촬영하면 복내측 전전두엽의 활성화가 줄어든다. 분노는 편도에서 만들어진다. 그 편도로부터 나오는 분노의 반응을 조절하는 기능을 하는 것이 복내측 전전두엽이다. 이성의 힘으로 분노의 양을 조정함으로써 부적절한 분노를 줄이는 기능을 하는 것이다. 그러나 이 경우는 복내측 전전두엽이 기능을 하지 않게 함으로써 용서할 수 없는 행위를 한 사람에게 처벌적인 분노가 나올 수 있게 한다.

조절되지 않는
과도한 병적 분노

앞서 살펴본 여러 형태의 분노가 발생할 때, 분노를 이야기한 원인에 비해 분노가 지나치게 크게 나오거나 분노의 조절이 이뤄지지 않으면 과도한 분노가 나올 수 있다. 이러한 과도한 분노의 폭발은 몇 가지 요인에 의해 일어날 수 있는데, 분노를 조절하는 신체 기관의 장애에서 비롯되는 경우부터 누적되어 있던 분노가 일시에 폭발하는 경우까지 다양하다.

생물학적 요인으로 분노가 많거나 조절되지 않는 경우

측두엽 간질이나 이 부위에 암이 있는 경우 조절되지 않는 과도

한 분노가 나올 수 있다. 이렇게 나오는 분노는 일반적인 인간의 행동으로 설명할 수 없는 경우가 많다. 극단적인 경우 살인이나 파괴적 공격성으로 나타날 수도 있다. 경계형 장애인 경우도 사소한 인간관계의 갈등에 폭팔적인 분노를 표출한다. 술에 취해 충동조절에 장애가 오면 '주사'라는 공격성이 나타난다. 남성호르몬의 과다나 바소프레신 분비 과다도 분노를 일으키며, 반대로 세로토닌 수치와 항콜린 작용의 저하도 분노를 일으킨다.

상대의 아픔에 대한 공감이 없는 경우

내가 아픔의 대상이 되지 않는 경우, 또한 그 대상의 아픔이 나에게 전달되거나 공감이 되지 않는 경우, 그 생명체에 대해 무자비한 폭력을 행한다. 아이들이 병아리를 육교나 옥상에서 던지는 행위가 그에 해당된다. 아픔이 전달되는 아이들은 그런 행위를 할 수 없다. 아픔이 전달되지 않는 아이에게 병아리는 생명력이 없는 물체일 뿐이다. 애착이 형성되지 않았기 때문이다.

성인들이 이 같은 행동을 했다면 반사회적 성격장애나 사이코패스 그리고 네크로필리아(Necrophilia, 시신 · 유골 애착증 환자)일 가능성이 있다. 이들은 다른 사람에 대한 애착이 형성되지 않아 '너'의 아픔이 '나'에게 전달되지 못한다. 공감하는 뇌 영역이나 애착 호르몬이 결핍되어 있을 가능성이 높다. 공감이 되지 않기에 '너'의 고통을 자신의 것처럼 느끼지 못한다.

애착이 형성되지 않으면, 상대의 아픔을 알지 못한다. 아내가 알고 있는데도 습관적으로 바람을 피우거나 아내에게 자신의 바람을 용인해 달라고 요구하는 남자들도 있다. 애착이 형성되지 않아 자신이 바람 피울 때 아내가 겪는 아픔을 알지 못하는 것이다. 이들은 심지어 상대의 고통이 얼굴 표정에 나타나도 읽어 내지 못한다.

친구를 왕따 시키는 청소년들도 애착 형성이 불완전하거나 대상 청소년을 자기와 다른 종류의 사람으로 인식하여 애착이 만들어지지 않기에 폭력성을 보인다. 그러면 죄책감이 작동되지 않는 것이다.

공격 당한다고 인식하여 상대에게 폭력적 위해를 가하는 경우

누군가 자신을 해치려고 한다는 근거 없는 피해의식을 갖고 있으면 자신이 공격 당한다는 피해망상에 대한 방어로 공격성을 보인다. 자신을 해치는 마귀라고 생각하는 등 비현실적인 사고에 의해 공격이 이뤄진다. 이러한 공격성은 공포와 두려움에 의해 유도된다. '너'의 아픔을 느끼지 못해서가 아니라 망상에 의해 '너'가 '나'를 공격한다고 오인해서 방어적 공격을 하는 것이다. 피해의식은 실생활에서도 나올 수 있다. 부정적인 의도가 없는 상대의 언행을 자신에 대한 비난과 질책, 경멸로 잘못 인식하여 나오는 경우다.

변연계 공명이 없거나 미미한 경우

평범한 일상생활을 하다가 어느 순간 불특정 다수를 공격하고 자살하는 사람이 있다. 그동안 해오지 않았던 공격성이 어느 순간 출현한 것이다. 반사회적 성격장애나 사이코패스는 사람들과 접촉하고 살긴 하지만, 애착 형성이 되지 않아 타인과 공감이 없는 행위를 하면서 살아간다는 점에서 이들과 다르다. 이들은 살아오는 과정에서 어떤 '너'와도 정서 교류가 없고, 정적인 지지를 받지 못했다고 생각한다. 자신이 인간 사회로부터 소외되었다고 생각해 피해의식을 극대화시킨다. 미국 버지니아공대에서 총기를 난사해 32명의 목숨을 앗은 조승희 사건이 대표적이다. 개인의 분노를 불특정 다수에게 행하는 경우다.

불특정 다수에 대한 분노 표현은 현대 폭력의 한 특징이기도 하다. 인간은 서로 연결되어 있다는 무의식적 인식이 모든 사람의 마음에 선행하고 있다. 그래서 '나'에 대한 불공정한 대접은 인간사회를 이루는 '너'의 전체 모임이 책임을 져야 된다는 것이다. 이러한 행동은 소외가 심한 현대와 미래 사회에서 점점 늘어날 것이다. 불특정 다수에 대한 개인의 공격이 시작된 것이다.

병적 '분노 조절 기능'의 해제

테러 집단은 그들이 주장하는 정의를 내세우며 특정 집단이나 국가에 대한 자신들의 폭력을 정당화한다. 민간인을 공격 대상으로 하는 등, 전쟁 상황에서 자국을 보호하기 위해 일어나는 폭력의 범주를 벗어난다. 인간들은 전쟁 상황에서도 국제법상으로 지켜야 할 도리를 지키려고 한다. 이러한 인류의 보편적인 정의에 반하여 소집단의 정의로 무차별적 폭력을 행사하는 경우가 병적 '분노 조절 기능'의 해제에 해당한다. 이 경우 개개인의 인격에는 문제가 없더라도 집단적으로 병적 분노 조절 기능이 해제되어 설명할 수 없는 잔인한 공격성을 나타낼 수 있다. 누군가를 집단적으로 왕따 시키는 경우도 분노 조절 기능이 해제되어 보편적인 공격성을 넘어설 수 있다.

누적된 분노

화를 내야 하는 상황에서도 화를 내지 않고 참는 일을 반복하면 이것이 계속 누적되어 과도한 분노가 나올 수 있다. 문제는 이 같은 과도한 분노가 출현하는 순간, 그 대상이 되는 사람은 그 분노의 정당성을 받아들일 수 없는 경우가 대부분이라는 사실이다. 그러한 수준의 분노를 받아야 할 만큼 잘못을 하지 않았기 때문이다. 그래서 참았다 나오는 분노는 정당성을 인정받지 못하는 경우가 대부분이다. 그러다보면 분노는 더욱 상승되어 조정이 불가능한 상태로 치닫게 된다.

우울증을 포함한 정신적인 이유에 의한 분노

마음이 힘든 사람은 짜증과 신경질 같은 적은 수준의 분노를 표출하게 된다. 문제는 그것이 생활화된다는 것이다. 특히 어린 아이를 기르면서 지친 여성들은 남편과의 갈등으로 생긴 우울증 때문에 아이들을 향한 짜증이 지속될 수 있고, 아이에게 훈육과 관계없는 매질을 하기도 한다. 우울의 상태가 되면 세로토닌의 수치가 떨어지고, 이로 인해 화가 쉽게 나오게 된다. 생활 속 짜증의 대부분이 이에 해당한다. 짜증을 받는 사람은 그 정당성을 받아들일 수 없고 근본적인 갈등은 해결되지 않기에 이러한 분노는 만성적으로 지속될 수 있다.

사회적으로
용인된 분노

　전쟁 상황에서 상대편, 이른바 적을 향한 분노는 정당화된다. 집단 전체의 이익을 위해서이기도 하고, 자신과 동료가 공격을 당한 것에 대한 방어적 분노로 그 공정성을 인정받기도 한다. 하지만 인간사회가 발전함에 따라 어떠한 전쟁도 그 정당성을 인정받기 어려워졌다. 인류는 전쟁을 피하기 위한 장치를 계속 발전시켜 왔고, 자국의 이익을 위한 선제공격으로 이루어진 전쟁은 국제사회의 비난을 면키 어렵다. 다만 상대의 공격에 맞서 자신을 지키기 위한 정당방위의 일부는 국제적으로 용인된다.

승화된
분노

　모든 공격성이 분노의 표현에 그치지는 않는다. 격투기처럼 직접 공격성을 표출하더라도 게임의 규칙이 있고 인간성의 말살을 가져오지 않으면 승화된 분노로 본다. 목숨을 걸고 하는 자동차 경주나 고산 등정도 이같은 승화된 분노일 수 있다. 승패를 가르는 스포츠 활동, 상대와 경쟁하는 개인이나 기업의 경제 활동도 승화된 공격성이다. 승화된 분노라고 해서 폭력성을 전혀 동반하지 않는 것은 아니다. 승화되었지만 폭력적 성향이 발동될 수도 있다.

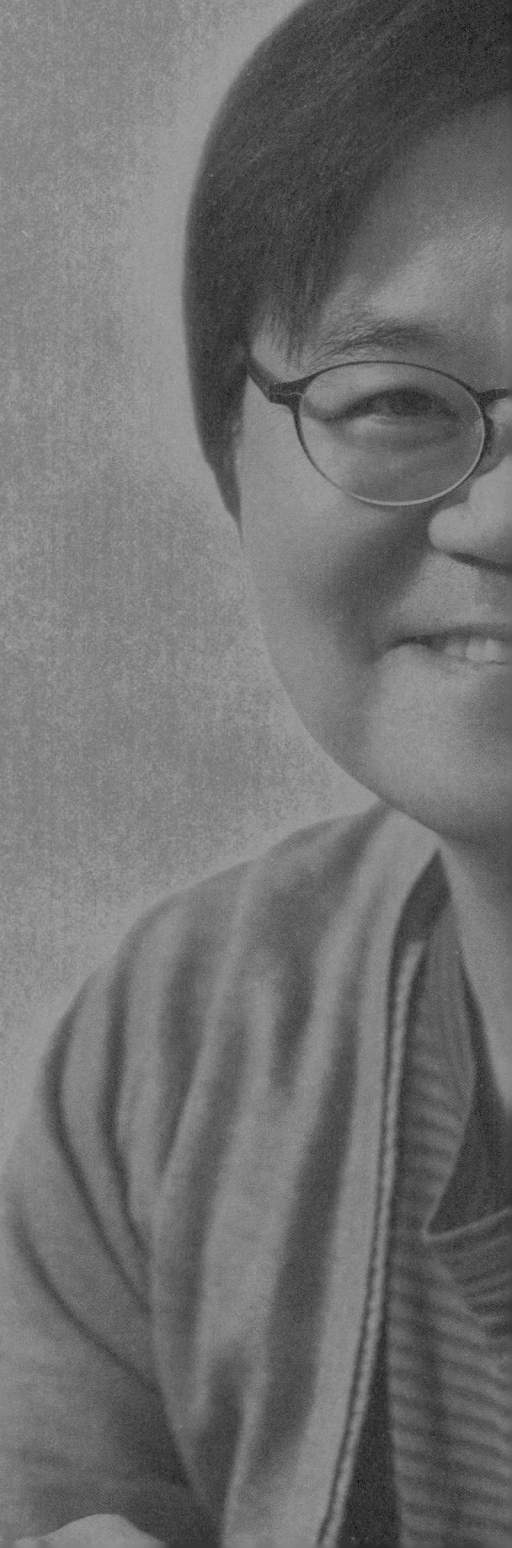

제5장

우리를
위한
나의 분노
다루기

우리는 살면서 수없이 많은 화를 내지만, 정작 내가 왜 화를 내는지 정확한 이유를 모르는 경우가 더 많다. '무엇 때문에' 화가 나는지는 표현되지 않고, 결과인 '화의 공격성'만 남는 셈이다. 이처럼 대부분의 분노는 문제 해결의 열쇠인 '원인 제거'에는 접근하지 못하면서, 공격에 의한 충돌과 과정상의 싸움이 지루하게 반복되는 경우가 대부분이다.

나의 분노는 다스리는 것이 중요하고, 너의 분노는 이해하는 것이 중요하다. 화는 그저 없어져야 할 인간의 속성이 아니다.

화는 불완전한 나와 너의 관계를 교정해 '우리'가 되어가는 수단으로서의 역할을 한다. 때문에 화를 다스리는 것은 현대 사회의 인간관계에서 가장 중요한 화두가 되어야 할 것이다.

분노의 단계

    분노를 이해하고 다스리기 위해서는 분노가 어떻게 발생하여 밖으로 드러나는지 알아볼 필요가 있다. 분노가 발생하여 행동으로 표출되기까지는 다섯 단계를 거친다. 그 단계를 꼭 순차적으로 거쳐야 하는 것은 아니다. 단계를 건너뛰기도 한다. 어떤 이유에서 분노가 생성되면, 이는 정서로 표현된다. 그 정서는 타인인 '너'에게 나의 마음을 알려주기 위해 출현한다. 또한 분노의 부작용인 공격성은 이러한 통로가 제 역할을 하지 못하고 막힐 때 출현한다. 공격성이 출현하면 마음의 전달이라는 정서의 본래 기능은 사라지고, 소중한 관계의 파괴에 다다를 수 있다.

① 분노의 생성기

자신의 생존이 위협받거나 '너'와의 관계에 불공정성이 있는 경우, 그리고 소통이 되지 않는 경우, 그에 따른 부정적인 형태의 마음이 만들어진다. 이러한 소소한 부정적인 마음들은 하루라는 일상에서 수없이 많이 출현하는데, 대부분은 그 기능을 수행하고 소멸한다. 따라서 누적되지 않고 사라진다.

② 분노의 축적기

부정적인 마음이 풀어지지 않고 반복되어 축적되면 분노가 형성되기 시작한다. 이 시기부터는 분노가 서서히 정서로 표현되기 시작한다. 외부로는 얼굴 표정이나 태도로 나오고, 마음속으로는 의식의 영역에 도달하기도 하여, 혼잣말을 하기도 한다. 화가 누적되어 가는 단계로, 나는 느끼지만 '너'는 아직 나의 분노를 알지 못하는 단계다.

③ 분노의 발현기

누적된 분노가 두드러진 짜증이나 불만의 형태로 나타나며, 겉으로 표현되는 정서는 더 구체화되고 뚜렷해진다. 차츰 분노의 대상과 충돌이 일어나기 시작한다. 화가 난 이유까지 말하지는 않으나 화와 짜증이 상대에게 전달되기 시작한다. 동시에 부정적인 태도도 전달된다.

④ 분노의 표현기

본격적으로 외부에 분노가 표현되고, 분노의 대상이 분명해지며, 분노의 원인도 명확하게 표현된다. 구체적인 공격성이 나타나지만, 아직은 상위 조절 기능의 통제 하에 있는 상태다. 그러기에 화가 표출되었다가도 다시 안정을 찾을 수 있다.

⑤ 분노의 폭발기

분노 조절 기능이 제 역할을 하지 못해 분노가 발산되어 자신의 분노 정당성만 부각된다. 상대의 불공정성에만 집착해, 상대에 대한 동정심이 사라지고 인간으로서의 가치도 말살시킨다. 상대의 얼굴에 나타나거나 태도로 드러나는 상대방의 정서를 인식하는 능력이 떨어진다. 보는 능력도 떨어져, 상대가 두려움과 공포를 느끼는지, 얼마나 고통스러운지를 깨닫지 못한다. 상대의 고통이 자신에게 전달되지 않아 폭력성이 제어되지 않는다. 자신이 상대를 얼마나 괴롭게 했는지는 일정기간 시간이 지나 화가 진정되어야만 깨닫게 된다.

단계별로 본 분노의 형태

1단계 분노의 생성기에서는 아직 분노로 인식되지 못하고 광범위하게 부정적인 정서로만 인식되게 된다. 분노는 축적이 되는 대표적인 정서이기에 시간이 지날수록 그 양은 점점 커지게 된다.

생활 속에서 예를 들면, 누군가에게 발을 밟혀 기분이 상해 얼굴이 찡그려지는 찰나 상대가 사과하며 지나갈 때의 상태다. 상대가 미안하다고 하면 분노가 사라지고 다시 안정된다.

2단계 분노의 축적기에서는 분노를 인식하기 시작하지만 직접적으로 상대에게 표출하기보다 혼잣말의 형태로 나오기 시작한다. 정서로 표현되기 시작하기 때문에 외부에서도 부정적인 정서가 있다는 것을 인식할 수는 있지만 특정 대상에게 표출시키지는 않는 단계다. 1, 2단계에서 분노의 원인을 상대에게 표현하면 나의 분노는 쉽게 해결될 수 있지만, 분노의 대상이 되는 사람의 반응을 정확히 예측할 수 없기에 주저하는 경우가 대부분이다. 상대는 공격을 받은 셈이 되기에 나의 분노에 대해 방어적 태도를 보이거나 오히려 공격을 할 가능성이 있어 화가 난 원인을 쉽게 노출시키지 못한다.

동료가 기분 나쁘게 머리를 툭툭치는 버릇이 있어 그럴 때마다 눈살을 찌푸리게 되는 경우, 그러지 말라고 정확히 표현하지 않고 혼잣말로 '참 버릇 없네'라고 말을 하게 된다.

3단계 분노의 축적기, 4단계 분노의 발현기가 되면 상대에게 분노로 인한 공격이 시작되어, 분노의 특성상 상대에게 상처를 주기 시작한다. 두 사람의 관계가 부정적으로 될 가능성이 시작되는 단계다. 충돌은 시간이 지남에 따라, 원인이 해소되지 않으면, 커지고 극렬해지기 시작한다. 분노의 발현기에는 짜증처럼, 분노의 원인을 밝히지 않은 채 나오는 작은 분노로 충돌이 자주 일어난다. 그 결과, 분노의 공정성 시비와 분노를 내거나 받아들이는 태도에 대한 문제점 지적과 같은 과정상의 문제로 더 많은 충돌이 일어나고, 그렇게 되면 분노 역시 더 커지게 된다.

한계 시점을 넘게 되면 결국 분노는 폭발한다. 5단계 분노의 폭발기에 이르게 되는 것이다. 이제는 더 이상 문제 해결을 위한 원인 제거가 목적이 되지 못한다. 배내측 전전두엽은 분노

조절 기능을 수행하지 못하는 상황에 이른다. 이제 분노는 그 자체가 생명력을 가지게 되어 상대에 대한 공격성만 유지된다. 관계의 파괴마저 불사한다. 더 이상 관계 개선의 요구를 하지 않는다.

모든 분노가 단계를 차곡차곡 밟으며 표출되지 않는다

생존적 분노 가운데 공격이나 행동의 통제는 급작스럽게 1단계에서 5단계로 이행할 수 있기 때문에 그 결과가 위험할 수 있다. 누적된 분노도 1, 2단계에서 3, 4단계를 거치지 않고 바로 5단계가 나올 수 있다. 하지만 대부분의 사회적 분노는 과정을 차례로 거치는 경우가 많다. 인류에게 위협이 되는 분노는 5단계의 분노다. 폭발하는 분노는 본인뿐 아니라 다른 사람들에게도 파괴적이다. 이러한 분노가 국가 간 또는 종교 간에 집단적으로 나오게 되면 인류는 공멸할 수 있다. 이를 막아야 인류의 멸망을 예방할 수 있다.

관계에서의 충돌은 당연히 일어날 수 있다. 하지만 분노의 원인이 교정되지 않으면 싸움은 끝없이 반복된다. 인간관계를 유지하기 위해, 근본적인 원인은 제거하지 않고, 일시적인 화해와 사과를 하는 경우가 대부분이다. 그러면 충돌은 같은 과정을 반복한다. 그러다가 축적의 속도가 빠르거나 양이 많아지면 결국 폭발하게 된다. 처음 분노가 발생하게 된 원인이 해결되지 않았기 때문에 문제의 교정이 이루어지지 않는 것이다. 대부분의 부부갈등이나 가까운 사람들 사이의 갈등이 풀리지 않고 이러한 과정 하에 있다는 것은 놀라운 사실이다.

나는
이럴 때 화가 나

상대를 이해하기 위해서는 상대의 '화'를 이해해야 한다. 또한 나의 화에 대한 이해 역시 선행되어야 한다. 분노의 단계가 5단계로 진행되는 한편, 분노의 원인은 크게 3가지 영역으로 나눌 수 있다.

분노의 원인 첫 번째 영역은 공격이나 행동을 통제 받는 것과 같은 일차적이며 원초적 분노의 형태로, 여기에 효율적이지 못한 자신에 대한 분노가 추가되면 존재적 분노가 된다.

두 번째 영역은 나와 상대방 간 관계의 공정성에 문제가 있거나 상대가 사회적 도리에 어긋나는 행동을 할 경우에 발생하는 사회적 분노다.

세 번째 영역은 관계의 정밀함이 이루어지지 않는 경우로, 상대가 내 마음을 읽지 못할 때 나오는 분노다. 정밀한 교류가 진행되어야 이러한 분노가 제거될 수 있다.

일단 분노가 일어났다면 나의 분노가 어디에 속하는지를 알아야 그 해결점을 찾을 수 있다.

① 제1영역 생존적 분노

나를 향한 공격과 행동의 통제는 분노를 야기한다. 또한 비효율적인 행동을 하는 자신에게는 자책의 분노가 나온다.

"네가 인간이니."

"술 먹지 마."

"시험 전날 자 버리다니 난 사람도 아니야."

외출을 하기 위해 바지를 고른 남편을 본 아내가 한마디 한다. "그 바지 입지 마. 색이 이상해." 순간 남편은 화가 난다. 그 바지를 입고 그에 맞는 신발을 신을 것까지 생각하고 있었다.

누군가를 향한 비난이나 공격은 그 자체가 분노면서, 그러한 비난과 공격의 대상이 되는 타인의 원초적 분노를 일으킨다. 지시나 행동의 통제도 마찬가지다. 통제는 만들어진 느낌을 무력화시키는 것이다. 뇌는 매순간 생존을 위해 행동을 예측한다. 그 예측은 그 순간 가장 필요해 선택된 것이다. '~하고 싶어'라는 느낌이 실행되면 기분이 상쾌해지는 보상이 뒤따르지만, 반대로 차단되면 생존을 위협당한다고 느끼거나, 예측이 방향을 잃고 다음 행동을 찾는 데 혼란을 겪게 된다. 그리고 그 결과는 부정적 정서인 분노의 출현이다.

얼마만큼 잘 예측하고, 그에 따른 '하고 싶은 기분'을 실현시키느냐가 사람의 행복을 결정한다. 충동적이고 미숙한 '하고 싶음'도 있다. 그러나 개인 행동의 잘못 여부를 외부의 관점에서 단순하게 단정하는 것은 위험할 수 있다. 원인을 알 수 없이 화가 난다면, 자신이 공격을 당하고 있다고 느끼거나 통제를 당하고 있다는 것을 스스로 아는 것부터 시작해야 그 원인을 찾아갈 수 있다.

② 제2영역 관계의 분노
나와 다른 사람이 맺고 있는 관계의 공정성에 문제가 있다고

무의식적 판단이 내려질 때 분노가 발생한다. 주로 내가 받아야 한다고 생각하는 기준에 미치지 못한 대접을 받았을 때 분노가 발생한다.

"어떻게 네가 나한테 그럴 수 있어."
"감히 나에게 그런 식으로 얘기하다니."

아침에 출근해 사무실에 들어왔는데, 먼저 출근해 있던 김○○ 씨가 나를 본체만체하는 것이 아닌가? 순간 기분이 나빴다. 그런데 다음날도 또 인사를 하지 않는 것이다. 그는 나보다 후배니 당연히 나를 보면 먼저 인사를 해야 하는데, 연 이틀 무시당한다는 생각이 들어 화가 나는 것이다.

각자의 뇌는 타인과 관계가 이루어질 때마다 관계의 속성이 자동으로 분석된다. 이후 사회적 관계에서 공정성 여부가 판단된다. 즉, 내가 상대로부터 적절한 대접을 받았느냐의 여부다. 분석은 광범위한 영역에서 이루어지며 정당성 여부가 판가름 난다.

예를 들어, 남성들은 서열에 있어 자신이 제대로 대접받았는지가, 여성들은 사랑하고 있는 만큼 온당한 대접을 받았는지가 중요하다. 정당성을 부여받지 않았다고 생각하면, 분노가 커지는 것을 방지하기 위해 그 정당성의 여부를 상대에게 알리는 것이 필요하다.

③ 제3영역 교류의 분노

관계를 맺고 있는 사이에서 상대가 나를 이해하고 있지 않다고 느낄 때 분노가 일어난다. 이는 상당히 고등화된 분노로, 상대와의 불통으로 인한 것이다.

"너 왜 그렇게 내 말을 못 알아들어? 말이 통해야 말이지!"
"'어' 하면 '아' 까지 알아들어야지, 왜 그렇게 내 마음을 몰라?"

과거에는 부부 사이에 소통이 되지 않거나 말이 통하지 않는 경우 단순한 짜증에서 멈춰 있었다. 하지만 인간이 교류하는 능력이 더 높게 진화함에 따라 상대와의 교류가 잘 이뤄지지 않는다는 사실 자체가 참을 수 없는 분노를 일으키게 되었다.

관계의 고급 차원이라고 할 수 있는 이 분노의 형태는 점차 늘어갈 것이다. 한 번 수준이 높아진 관계의 정밀도는 시간이 지나면 기대감을 더 높이게 된다. 행복해지려면 서로가 더 세심하게 서로를 이해하고 알아줘야 한다. 그리고 나의 분노가 정밀한 교류가 이뤄지지 않아 생긴 것이라면, 혹시 나의 기대가 너무 높은 것은 아닌지도 살펴보아야 한다. 말하지 않아도 무슨 뜻인지 마음을 예측할 수 있는 배우자는 존재하기 힘들다.

제대로
분노하는 방법

　살아오면서 우리는 한 번도 화를 제대로 내는 법에 대해 배운 적이 없다. 왜냐하면 화는 표출해선 안 되는 옳지 못한 감정으로 각인되어 왔기 때문이다. 화를 낼 때 힘든 것은 화를 내는 방법을 모르는 데 있다. 어떻게 말하는 것이 화를 내는 것이고, 어느 정도 해야 내 분노를 정당하게 표현하는 것인지조차 우리는 모르고 있다.

　아내는 간섭을 싫어한다. 결혼 조건이었다. 나는 아내가 친구를 만나고 밤새 인터넷을 하는 것이 싫다. 하지만 그 말을 못한다. 결혼

전에 한 약속 때문이다. 그 말만 나오면 아내가 약속하지 않았냐며 난리를 친다. 그래서 그냥 참고 지낸다. 그러면서 막상 아내는 내가 술 먹고 늦게 귀가하는 것을 싫어한다. 그 문제로 자주 충돌이 벌어진다. 셔츠에 립스틱을 묻혀와 난리가 나기도 했다. 아내가 유산기가 있다고 일찍 들어와 달라고 한 날, 부장과 새로운 프로젝트 회의를 하는 바람에 새벽에 들어와 큰 싸움이 일어나기도 했다. 아내는 친정으로 가버렸고, 장모의 꾸지람에 각서까지 쓰고서야 겨우 아내를 데려왔다. 하지만 일상의 갈등상황은 다시 반복된다. 늦게 귀가하고 사과하고 또 넘어가고. 아내는 나의 늦은 귀가를 문제 삼아 화를 내지만, 난 아내에 대한 나의 불만을 말하지 못한다. 그 말을 했다가는 아내가 더 난리칠 것을 알기 때문이다. 지금은 야근이라고 거짓말을 하고 친구들과 포커를 치다 걸려서 난리가 난 상태다.

아내는 화를 낼 수 있지만 남편인 '나'는 화를 내지 못하고 있다. 유산기가 있다고 알렸는데도 늦게 귀가한 남편에 대한 아내의 분노는 정당하다. 하지만 나는 직장인으로서의 입장을 고려해 주지 않는 것에 대한 섭섭함이 있다. 게다가 아내의 잘못된 행동은 결혼 전 약속이라는 미명 하에 말 한마디 하지 못하고 사는 것이 답답하다.

이런 일이 계속되면 나의 분노는 폭발적으로 나올 수 있다. 정당성의 문제도 있지만, 동시에 절대 불통의 상태이기 때문이다. 나의 분노를 다루기 위해서는 내가 느끼고 있는 불공정함을 상대에게 알려야 한다. 하지만 이 경우는 결혼 전의 약속 때문에 절대로 말하면 안 되는 조건이 불통의 상태가 된다. 분노가 조절되기 위해서는 불만을 말하지 못하는 불통의 상태가 먼저 교정되어야 한다.

아직 나의 분노는 '공격성'은 노출되지 않고 혼잣말을 하거나 짜증을 내거나 수동적인 공격성을 내는 단계에 있다. 친구들과 몰래 놀러 가거나 늦게 귀가하는 것이 그 결과다. 참던 '내'가 문제 해결이 절망적이라는 생각이 들면 어느 날 관계의 단절을 요구할 가능성도 있다.

지금까지는 애정이 남아 있고 아직 분노는 전전두엽의 조절 하에 있기에 아내와의 불통과 관계의 불공정이라는 원인이 제거되면 문제는 해결될 수 있는 단계다. 하지만 현 상태가 지속된다면 그 결과는 절망적 파국에 이를 수 있다.

세련되게
분노하라

    분노와 화는 인간이 살아가는 데 꼭 필요한 원초적인 감정이다. 그런데도 우리는 그동안 화를 부정적인 면으로만 인식해 왔다. 하지만 인간 사회에서는 정당한 화를 내지 않으면 커뮤니케이션이 불가능한 경우가 많다. 인간관계에서 화가 나는 이유 중 하나는 서로 통하지 않기 때문이다. 따라서 서로 통할 수 있다면 화는 소멸된다.

    그렇기 때문에 무작정 화를 누른다고 관계 유지에 도움이 되는 것은 아니다. 인간은 화 때문에 많은 상처를 받고 살지만, 동시에 화를 통해야만 교정이 이루어지기에 화의 순기능에 의한 도움도 받는다. 화의 의미가 제대로 전달되어 잘못이 교정된다면 관계는 더 깊어질 수 있다.

거칠지 않고 세련되게 화가 표출되어 상대에게 전달된다면 인간은 높은 수준의 커뮤니케이션을 할 수 있게 된다. 따라서 제대로 내는 화는 정교한 사회, 관계의 불공정이 줄어드는 사회를 만드는 훌륭한 도구가 될 것이다.

관계를 교정하는 분노

우리가 생각하는 것과 달리 분노는 나를 지키고, 궁극적으로는 너와 나의 관계를 안정시키는 기능을 한다. 나의 분노는 너와 나의 관계에 있어, 나의 관점에서는 있지만 너는 모를 수 있는 부정적인 상황에서 나온다. 이때 분노는 너에게 나의 상황을 정확히 알려줌으로써 나에 대한 너의 행동을 교정하는 기능을 한다. 때문에 분노는 관계가 친밀하여 교류가 많을수록 발생할 가능성이 높다.

서로 간의 교류에 문제가 있어 화나 분노가 발생하는 경우, 그 목표가 문제의 교정에 있다는 관점에서 다룬다면 화는 세련되게 해결될 수 있다. 하지만 교류의 문제로 인한 분노를 다루기 위해 공격성을 먼저 드러낸다면 싸움만 있고 문제해결은 기대할 수 없게 된다.

내가 아프기 때문에 너도 아파야 한다는 전략은 부정적인 분노를 만든다. 이같은 분노는 자체적으로 복제가 된다. 상대로부터 분노의 공격을 당하면 나 역시 같은 강도의 공격을 하게 된다. 인간의 삶에서 원래 분노는 죽고 살기의 문제가 아니다. 교류의 문제다. 세련된 분노는 원래의 목적을 달성하는 분노다. 즉, 화의 진정한 목적은 서로를 알고 올바로 아픔을 교정하고 마음껏 교류를 하기 위함이다.

화난 표정만으로도
아이는 괴롭다

　분노의 이유는 관계만큼이나 다양한 모습으로 나온다. 상대와의 관계에서 일어나는 다양한 갈등에서 분노가 발생한다면, 이러한 분노는 상대에게 어떤 영향을 미칠까? 분노가 상대에게 미치는 영향은 생각보다 광범위하다. 가장 근원적인 아이와 엄마 관계에서 분노가 미치는 범위 역시 일반적인 생각을 넘어선다.

　인간은 서로를 모방하기에, 이야기하는 방식과 몸짓이 무의식적으로 상대에게 모방된다. 기쁜 표정을 보면 웃을 때 쓰는 근육이 나도 모르게 움직이고, 화가 난 표정을 보면 미간을 찡그린다. 화가 난 표정을 보면 뇌는 바빠진다. 화가 난 정도가 그대로 복제되어 편도체에서 읽혀지는 순간 고통 받게 된다. 즉, 부모의 화난 표정이 아이의 뇌에 입력되어 곧바로 고통을 주는 것이다.

습관적인 화나 짜증은 생각보다 주위 사람을 고통스럽게 한다. 직원에게 신경질적인 상사는 직원의 편도체를 계속 괴롭혀 생산성을 저하시키고 있다고 보면 된다. 아이도 마찬가지다. 부모의 습관적인 분노에 노출된 아이는 고스란히 그 괴로움을 느끼게 된다.

나는 왜 짜증 섞인 표정을 짓는가? 그런 짜증 중에는 의미 없는 습관이거나 만성적인 우울함 때문에 생기는 것도 있다. 설령 그럴 의도가 없더라도, 사랑하는 가족들은 의미 없는 나의 짜증난 표정 때문에 오늘도 뇌에 손상을 받고 있는 것이다. 이런 횡포가 또 어디 있을까?

너의 분노에 대한
나의 대처

　'나'는 행동을 통제 받는 경우, 관계의 공정성에 문제가 있는 경우, 그리고 교류가 제대로 되지 않는 경우 분노가 발생한다. 그렇다면 '너'의 경우는 어떨까? 너의 분노도 나의 분노와 같은 과정에서 출현한다. 내가 억울해서 화가 나는 것처럼 너 역시 억울하기에 분노가 나온 것이라는 것을 존중해야 한다. 너의 분노 목적이 나에 대한 공격과 상처주기라고 간주하면 충돌만 초래할 뿐이다. 그러니 인정하라. 너의 분노는 너의 억울함임을….

정당성을 인정하라

늘 관계를 좋게 유지하며 사는 건 쉽지 않다. 현대사회에 올수록 점점 더 사소한 것에서 충돌이 일어나고 조정도 어려워졌다. 삶이 어려워져서 그런 것은 아니다. 오히려 반대다. 삶의 질이 높아지면서 서로에 대한 기대도 높아졌기 때문이고, 그러면서도 함께 더불어 살아가는 삶의 기술은 그만큼 향상되지 못했기 때문이다.

생활이 풍족해지면서 오히려 살아가는 법을 습득할 수 있는 기회는 줄어들었다. 단위 가족의 수가 줄어들면서 함께 살며 직접적인 경험으로 배우기가 힘들어졌다. 아직까지 현대인은 '나'를 위한 자기 계발에는 투자하지만, '너'와 함께 살아가는 방법을 배우지는 않는다. '너'가 왜 화가 나는지 모를 수밖에 없다. 그러기에 풀어줄 수 있는 방법도 없다. 싸우지 않는다면, 기껏 참거나 사과하는 방법밖에 모른다. 결국 '나'의 화가 축적되거나, 너를 이해하지 못하는 나의 태도에 실망한 '너의 화'가 축적되어, 두 사람 모두에게 억울함과 분함만 쌓여 가게 된다.

아이가 칭얼대기 시작한다. 하루 종일 아이와 씨름하다 지친 부인은 짜증을 내기 시작한다. 남편은 속으로 이럴 때는 아이 열부터 재보아야 한다고 생각한다. 말하면 싸움이 될 것 같아 참지만 답답하다. 결국 아이를 밀쳐내는 아내에게 참지 못하고 '무슨 엄마가 그러느냐'는 비난의 말을 하게 된다. 이에 속이 상한 부인은 안방에 들어가 남편과 냉전을 벌인다.

부인은 웬만하면 남편에게 자잘한 것을 요구하지 않는다. 그런데 주말에 아이 목욕을 시키다 충돌이 일어났다. 목욕 도중 수건을 갖고 오라는 부인의 요구에, 베란다에 있던 수건을 갖고 들어오면서 문을 닫지 않은 게 화근이 되었다. 아이가 감기 걸릴지도 모르는데 왜 문을 닫지 않느냐고 부인이 소리를 지르면서 화를 냈다. 수건을 먼저 건네주는 것이 아이에게 도움을 줄 우선순위라고 생각한 남편이 이에 지지 않고 맞받아치면서 싸움은 커졌다. 싸울수록 부인은 더 흥분하고, 남편 역시 물건을 던지며 화의 강도가 더 커졌다.

어느 부부에게나 이 정도의 문제는 있다. 특히 아기를 키우는 젊은 부부들은 대부분 이렇게 힘들게 산다. 젊은 엄마는 과거의 여성들과는 비교할 수 없을 정도로 다양한 육아의 전문가가 되어야 한다. 그러면서 주변의 도움은 잘 받지 못한다. 젊은 아빠 역시 일하면서 육아를 지원해 주어야 하며, 동시에 아내의 기분도 맞춰주느라 힘이 든다. 아직 사회적 위치는 불안정해 마음의 여유도 없다.

남편의 입장에서 볼때, 칭얼대는 아이를 거칠게 밀쳐내는 아내에 대한 강한 거부감이 생겼을 수 있다. 만일 남편이 어린 시절 부모에게서 거친 대접을 받은 경험이 있다면 거부감은 더 컸을 것이다. 아이와 자신을 동일시하면서 아이 엄마에게 부정적인 마음이 들 수 있다. 게다가 아이가 칭얼대는 것이 부인이 추정하지 못하는 열 때문이라면 더욱 화가 날 것이다. 남편의 입장에서 결정적으로 화가 나는 것은 '자기의 잘못은 인정하지 않으면서' 남편의 지적에 거친 항의와 반발을 하는 아내의 태도다.

이번에는 반대로 부인의 입장에서 보자. 세상에서 제일 힘들고 약한 사람 중 하나가 어린 아기를 가진 젊은 엄마다. 제대로 잠도 못 자고 쉬지도 못한다. 남자들도 그만큼 힘들다고 말한다. 하지만 어린 아이를 둔 엄마와는 비교가 되지 않는다. 아이의 생명이 전적으로 엄마에게 달려 있기 때문이다. 엄마가 조그마한 잘못을 해도 아이에게는 치명적인 결과를 초래할 수 있다. 그 긴장감은 세상의 어떤 일보다 높다. 게다가 그 책임을 누구와도 대체할 수 없기 때문이다.

남편이 수건을 갖고 오면서 문을 닫지 않은 일에 부인이 화를 낸 것은 그 행동이 아이를 위험에 빠뜨릴 수 있다는 본능적인 판단 때문이다. 하지만 남편은 아이의 젖은 몸을 빨리 닦아주는 것이 더 시급할 것이라는 판단을 한다. 누구의 판단이 옳을까? 답은 없다. 성격에 따라 행위가 결정될 뿐이다. 세부적인 차이는 사람의 수만큼 다양하다. 수없이 많은 사람이 모두 자신이 옳다고 생각한다.

이처럼 다양하고 끊임없이 일어나는 '나'와 '너' 사이의 문제가 해결되지 못하는 데는 이유가 있다.

첫째, 자신이 옳다는 인간의 의식 때문에 상대의 의견을 받아들이지 못해서다.

둘째, 충돌 때문에 받은 상처가 치유될 길이 없어서다.

결과적으로 화가 축적되어 분노와 공격성은 위험 수위를 넘어서게 된다. 아픔과 억울함은 시간이 지날수록 점점 더 커진다. 관계가 오래 지속된 사람들이라면 이런 유의 해결되지 않는 충돌 하나쯤은 마음속에 담고 산다.

문제를 해결하기 위해서 먼저 해야 할 것은 상대의 화에 정당성이 있다는 사실을 인정하는 것이다. 비난이나 공격적인 태도를 인정하라는 것이 아니다. 화가 만들어지는 과정이 정당하다는 것을 인정하자는 것이다. 문을 빨리 닫지 않는 것이 아내의 불안을 자극하여 순간적인 짜증을 일으킬 수 있다. 하루 종일 아이에게 시달린 아내의 짜증을 인간으로서 그럴 수 있다고 받아들이자는 것이다. 그리고 똑같이 짜증을 내는 사람에게 짜증이 나는 것도 인간이기에 그럴 수 있다는 것을 받아들이는 것이다.

상대의 정당성을 인정해 주면 문제는 어렵지 않게 풀 수 있다. 하루 종일 지친 부인에게 비난이나 하는 남편과 살고, 도와주는데도 이해할 수 없는 신경질을 계속 내는 아내와 산다는 것은 너무 힘들다. 하지만 관점을 바꾸면 '힘들어서 남편에게 투정하는 아내'와 '아이의 아픔에 잘 공감하는 가정적인 남편'이다. 게다가 '힘든 일을 남편에게 말하지 않는 아내'고, '스스로 육아에 동참하는 남편'이다. 같이 일하고 열심히 사는 부부인 것이다.

사실 모든 관계의 문제는 뒤집어 생각하면 해결하기 쉽다. 상대의 입장에서 생각하면 당연히 이해할 수 있는 일들이기 때문이다. 하지만 인간에게 가장 어려운 일이 바로 '너'의 입장에서 생각하기일 것이다.

상처를 받은 두 사람은 더 이상 결혼생활을 유지하기 힘들다는 결정을 내리기 전 마지막으로 상담실을 찾아 왔다. 자신의 어려움과 아픔을 남편이 알아주지 않는 것처럼 부인에게 고통스러운 일은 없다. 관계에서의 위로는 결혼생활에서 가장 중요한 요소 중 하나다. 반면, 남편들은 아내를 생각하고 보호해 주려는 자신이 부정되는 것이 너무 힘들다.

모든 남자들은 이렇게 생각한다.
'아내가 부탁하는 모든 것을 다 들어 주고 싶다. 그것이 남자의 의무고 운명이다.'

모든 여자는 이렇게 생각한다.
'남편을 공격하고 이기고 싶어 하는 여자는 없다. 아프기 때문에 우는 것이다.'

이것만 잊지 말자. 너의 화와 짜증은 알고 보면 나의 화와 짜증만큼 다급한 것이다. 나의 관점에서 보면 매번 싸우려 하고 상대의 아픔을 아랑곳하지 않는 사람이지만, 사실 그렇게 악독한 사람은 없다. 일부러 배우자를 공격해 아프게 하고 싶어 하는 사람은 없다. 아픔을 알릴 길이 없어서 다급하게 절망적으로 말하다 보니 그렇게 된 것일 뿐이다.

나와 다른 견해를 가질 수 있는 '너'를 인정하라

현대사회에서는 다양한 관계에서 다양한 갈등이 발생한다. 이러한 현상은 지극히 자연스러운 것이지만, 관계에서 갈등이 조정되지 않으면 아파하고 결국 분노를 표현하게 된다. 살아가는 방식의 차이 때문에도 충돌은 벌어질 수 있다.

칠십 평생을 같이 살아온 노부부가 있다. 남편은 정부 고위직에서 은퇴하고 회사 고문으로 있으면서 책을 많이 보는 노신사다. 아내는 남편이 자신의 충고를 절대 받아들이지 않는 것이 불만이다. 능력 있고 성실한 남편이고, 아이들에게 자상한 아버지지만, 부인과는 의견 조율이 되지 않았다. 자녀들이 사는 곳으로 이사를 가기 위해 짐을 정리하다가 충돌이 벌어졌다. 남편은 갖고 있는 책과 자료를 모두 가져가야겠다는 것이고, 아내는 당장 필요하지 않은 것들까지 자식 집으로 가지고 가느냐고 반대하다 싸우게 되었다. 절대 갖고 갈 수 없다는 주장과 가져가야 한다는 주장의 대립으로 결국 이혼 얘기까지 오가고 있는 것이다.

남편이 운전할 때 옆에서 '이 길이 맞아요'라고 알려주면 남편이 짧게 '알아'라고 대답하는 것도 부인은 참기 어려웠다. 말은 뉘앙스에 따라 그 내용이 달라진다. 단호하게 말하는 남편의 '알아'는 '나도 동의해'라는 말일 수도 있지만, 듣는 아내 입장에서는 '이미 알고 있어, 그만 말해'로 들릴 수 있기 때문이다. 한쪽은 긍정이지만 다른 쪽은 단절로 들릴 수도 있는 것이다. 같은 말이라도 사람에 따라 다르게 들릴 수도 있다. 내가 그렇게 말할 의도를 갖고 있지 않았기에 그렇게 들은 사람이 잘못됐다고 할 수는 없다. 그렇게 들은 '너'를 받아들여야만 한다.

서로 자신의 말만 주장하면서 끝나지 않는 논쟁을 하는 것은 두 사람 모두를 힘들게 한다. 대화는 오고가지만 변연계 공명이 일어날 가능성이 전혀 없기 때문이다. 부인이 이혼을 제기한 것은 반복되어 왔던 불통의 고질적 관계가 너무 고통스럽기 때문이다. 이삿짐을 적게 가져가는 것과 많이 가져가는 것은 둘 다 장점과 단점을 가지고 있다. 추억을 회상하기 위해서는 남편의 말이 옳고 자식들에게 짐이 되지 않는다는 점에서는 아내의 말이 맞다. 이 상황에서 누구의 말이 옳은지를 판결할 길은 없다.

옳고 그름의 관점에서 자유로워지자

사람들은 각자가 옳고 그름을 말하지만, 인간관계에서는 옳고 그름을 정확히 판정할 수 있는 것이 많지 않다. 왜냐하면 각자의 뇌는 각자에게 가장 정확하고 객관적인 해결책을 찾기 때문이다. 각각의 뇌가 각각의 과거와 판단에 따라 찾는 해결책이기에 얼굴이 다르듯이 모두 다른 해결책이 존재할 수밖에 없다.

변연계 공명이 일어나기 위해서는 옳고 그름의 관점에서 자유로워야 한다. 나는 옳고 상대가 그르다면 공명은 일어나지 않는다. 공명은 나와 너가 어우러져야 일어난다. 이분법적 사고는 인간관계 갈등의 가장 큰 원인이다. 나도 옳지만 상대도 옳을 수 있다는 것을 받아들이고 대화해야 한다. 많은 사람들이 모여 집단을 이루는 경우는 지도자를 뽑아 그가 최종 결정을 하도록 한다. 하지만 서열이 정해지지 않은 상태의 두 사람 관계에서 어느 한 사람이 늘 결정권을 가지는 삶은 갈등과 분노를 잉태시킨다.

누가 옳은지를 따지는 것은 두 사람의 효율적인 삶을 선택하기 위한 것이다. 하지만 그 효율적인 삶이라고 예측하는 것은 옳고 그름보다는 각자의 성향이다. 두 사람의 성향을 조정해 만족할 수 있는 방법을 찾아야 한다. '너'의 견해가 '나'의 견해만큼 수많은 검증 과정을 거쳐 만들어졌다는 사실을 인정해야 한다. 누가 옳은 생각을 하느냐를 판정하는 것보다는 서로의 의견을 맞춰가는 과정에서 행복이 나온다. 그것이 변연계 공명이다. 변연계 공명은 똑같은 사람 사이에 이뤄지는 것이 아니다. 남과 여처럼 다름의 차이가 클수록 공명이 일어날 때의 행복감은 급상승하게 된다. 그런 상태에서 관계의 행복호르몬이 나와 행복한 우리가 된다. 모든 너는 나와 충돌할 대상이 아니라 사랑의 대상이고, 행복을 위해 모든 인류는 싸우고 대립하는 관계가 아니라 교류하는 관계기 때문이다.

너를
이해한다는 것

　우리는 다른 사람의 마음을 잘 알고 있다고 생각한다. 하지만 어떤 때는 알다가도 어떤 때는 전혀 모를 것이 사람의 마음이다. 과연 인간은 다른 사람의 마음을 어떻게 알게 되는 것일까?

　딸이 아빠 핸드폰에서 '보고 싶다'는 여자의 문자를 발견한 후 부부는 다시 충돌의 길에 들어갔다. 신혼 초 립스틱 자국을 묻혀와 놓고는 별일이 아닌 것처럼 말하는 남편의 얼굴에 아내가 상처를 낸 적이 있다. 그 후에도 늦은 귀가와 노래방에 간 것이 발각된 사건 등으로 크고 작은 싸움이 멈출 날이 없었다. 최근 몇 년간은 조심하는 듯 잠잠하더니 다시 이런 일이 벌어진 것이다.

자동 유추

뇌는 어떤 과정을 통해 다른 사람의 마음을 읽어내는 것인가? 일단 그 사람의 말이나 표정 그리고 몸짓을 거울신경세포로 복제한다. 그 후 만약 내가 그 행동을 한다면 나는 어떤 생각에 의해서 그런 행동을 하는 것인가를 유추한다. 내 행동을 유추하는 것으로 다른 사람의 마음읽기를 시작하는 것이다. 부인은 다른 여성의 접근을 허용한 남편의 행위를 놓고, 먼저 자신이 그런 상황이면 어떻게 할 것인가로 유추한다. 대부분의 여성들은 남자들이 상대에게 마음을 빼앗기지 않으면 그 정도의 신체적 접근은 허용하지 않는다고 생각한다.

과거 너의 자료

이처럼 '너는 어떤 생각을 한다'는 것은 사실은 그 행동을 '내가 했다면 나는 어떤 생각을 가진 것이다'의 말이 된다. 여기에 머물면 나는 '너'를 읽는 것이 아니라 너와 같은 행동을 하는 '나'를 읽는 것이 된다. 그래서 이를 수정하기 위해 '너'에 대한 과거 자료가 필요한 것이다. 신혼 초에 있었던 립스틱 사건은 늦게 들어오고 노래방에 가는 남편이 외도를 하고 있을 것이라는 아내의 의심을 강화하는 기능을 하게 된다.

너와 나의 분리

중요한 것은 '나'의 경험이 아니라 '너'의 상황이다. 내가 생각할 때 '너는 외도했음이 틀림 없어'가 아니라 '너'가 실질적으로 외도를 했는지가 중요한 것이다. '나'와 '너'의 분리가 되어야만 너를 읽을 수 있다.

남편은 억울하다고 항변을 한다. 남자들 사회에서 자기는 그렇게 나쁜 사람은 아니라는 것이다. 사업상 만난 사람들이고, 결혼 생활을 하는 동안 나쁜 짓을 한 적도 있긴 하지만, 아내의 의심처럼 늘 그렇지는 않았다는 것이다. 더구나 최근에는 그런 술집에 다닌 적도 없는데, 사업상 아는 여자와 만난 것을 가지고 그런 취급을 하는 것은 용서할 수 없다는 것이다. 그것이 남편의 관점이다.

너의 마음읽기

나의 관점이 아니라 '너'의 관점에서, 그리고 너의 이익을 위해서는 어떤 생각을 하여야 하는지를 추정해야 한다. 그렇기에 너와 나를 분리하지 않으면 너를 읽을 수 없다. 아내는 남편이 그 여자와 별 관계가 없을 가능성도 열어 두고 있었다. 하지만 남편이 결백할 경우 이런 오해가 얼마나 억울할 것인가는 염두에 두지 않는다. '아니면 됐다'는 식이다. 너의 관점은 없고 나의 관점만 있기 때문이다.

인간의 뇌는 다른 사람의 마음을 읽을 때 너와 나를 자동으로 분리하지 못한다. 의식적인 집중을 통해 나와 너를 분리하는 연습을 해야만 너를 더 정확하게 이해하는 것이 가능하다. 남편이 다른 사람보다 적은 빈도로 직업여성과 관련을 맺었다고 해서 아내의 아픔이 줄어들지는 않는다. 또한 성적인 접촉이 없었다고 해서 다른 이성과의 사적 만남을 허용할 수 있는 것도 아니다. 마찬가지로 과거에 배우자의 잘못이 있다는 이유로 현재 매번 의심하고 공격하는 것이 정당화될 수도 없다.

너와 나의
관계 발전사

'너'와 '나'의 다양한 관계 가운데 대표적인 것이 결혼관계로 맺어진 부부다. 혼인이라는 제도를 통해 '우리'가, 너와 나의 관계가 역사적으로 어떻게 발전되어 왔고, 앞으로 어떻게 진행될지 알아보자.

남성 우위의 일부일처제 부부관계

이미 원시사회부터 결혼은 단순한 개인 간의 결합 그 이상의 의미를 가졌다. 일부일처로 이루어진 가족은 집단의 가장 적은 기본 단위가 되고, 가장 가까운 혈연으로 구성되어 집단 응집력이 강했다. 가족의 이익과 무관한 결혼은 용납되지 않았고, 신분이 높을수록 결혼은 집안과 집안의 연합이라는 의미를 가졌다. 집안의 세력 확장, 재산의 보존 그리고 후손을 위한 안정적인 환경의 제공이 개인 간의 애정보다 우선되었다. 거의 모든 문명과 종교는 남성의 우월적인 지위를 인정해 남성이 가정에서 주도권을 가지게 하였다.

상대적으로 여성의 삶은 제한되었다. 그리스 시대의 아리스토텔레스는 여자를 거세된 남자로 여겨 '불구의 남성' 혹은 '불임의 남성'으로 묘사하였다. 남자가 유일한 생식자고, 여자는 수단이나 '재난을 당한 열등한 남성'으로 간주하였다. 데모스테네스는 이렇게 말했다. "우리에겐 자식을 낳을 아내가 있고, 기분전환을 위한 창녀가 있고, 즐기기 위한 노예가 있다." 당시 정조 관념이 존재하지 않았던 것이다. 고대 로마도 관습과 성욕에 있어서 자유로웠고, 결혼과 이혼, 재혼이 허용되었다.

이후 기독교가 득세하면서 결혼관은 달라졌다. 결혼은 하지 않을수록 성스러우나 한다면 파기불능의 일부일처만 허용되었다. 구약은 성에 대해 관용적이었지만, 신약은 충동이 억제되는 사회를 요구했다. 육욕과 쾌락에 대한 처벌, 결혼의 필연성과 출산의 의무, 그리고 고해와 회개, 이 세 요소가 강조되었다. 아내와 사랑에 빠지지 말라는 요구까지 있었다. 가장으로서 아내에게 사랑의 감정을 느끼면 사사로운 감정에 빠져 집안을 지키는 일에 저해가 된다는 것이다. 아내는 자손을 낳고 함께 집안을 일으키는 존재이지, 사적인 감정에 빠지는 대상이 아니라는 것이다. 남편과 아내는 가정 내에 엄연한 위계질서 속에 위치하는 존재였다.

열정적인 사랑관계에 빠진 사람들

12세기경이 되자 궁중 연애가 유행했다. 궁중 연애를 통해 사람들은 열정적인 사랑에 빠지기 시작했다. 결혼제도 내에서는 없는 사랑으로, 음유시인이 사랑을 노래하고 문학작품이 사랑을 다루었다. 중세 유럽을 강타한 트리스탕(Tristan)과 이죄(Iseut) 커플의 신화는 남녀의 열정과 고통, 죽음 그리고 괴로움이 섞여 있다. 궁중 연애는 결혼과 양립될 수 없었고, '결혼으로 결합된 두 사람은 사랑의 권리를 행사할 수 없다'는 말까지 있었다. 생존과 자손의 번식을 위한 남녀 간의 결합인 결혼만 존재하다가 현대 '젊은이들의 사랑'과 유사한 연애가 서구 사회의 새로운 남녀 관계로 출현하기 시작한 것이다.

연애를 통한 자녀의 출생은 부작용이지, 그 자체가 목적은 아니었다. 서로 사랑에 빠지고 위기에 빠진 여성을 기사가 지켜준다. 하지만 재산을 공유하지는 않는다. 남자의 사랑과 보호를 받는 여자, 그 여자를 지키는 남자의 등식이 만들어지기 시작했다. 하지만 결혼제도 내에서 부부 간의 사랑은 요원했다. 남녀가 평등하지 않았기 때문이다. 자유주의 사상은 또 다시 결혼제도 이외의 남녀 사랑에 대한 제한을 풀어 놓았지만, 사랑과 동반되는 성은 여자들에게 여전히 굴레였다. 성은 임신과 출산을 계속하게 했다. 여자는 결코 사랑에 자유로울 수가 없었다.

피임법의 발달로 신장된 여성 인권

출산은 산모나 아기의 생명에 늘 위협적이었다. 영아 사망률도 높아 출산이 순조로워도 아기를 잃을 가능성은 항상 있었다. 여자는 사랑에 빠질 시간조차 없었다. 계속되는 임신과 출산 그리고 육아를 담당하면서 가사도 해야 했기 때문이다. 사랑 행위의 기본이 되는 섹스는 임신과 출산으로 직결되었기에, 임신에 대한 공포는 여성에게 섹스의 만족감을 차단하였다. 사랑의 결과 남성들은 성적 만족을 가지지만, 여성들은 섹스와 사랑이 함께 누릴 대상이 될 수 없었다.

피임법이 발견된 후 마침내 여성들도 임신과 출산으로부터 자유로워져, 성적 만족감을 가질 수 있게 되었다. 하지만 그 대상은 상류층과 직업여성에 국한되었다. 일반인을 대상으로 하는 피임기구나 피임약이 등장하기 전까지 대부분의 여성은 그 혜택을 누릴 수 없었다.

남녀평등 시대의 일부일처

20세기 들어서 여성 인권에 관한 법률이 제정되기 시작했다. 여성 참정권에 대한 법률부터 가족법 관련 법률까지 여성에 대한 차별이 폐지되기 시작했다. 피임과 낙태에 대한 권리를 포함하여, 여성들의 재산권 보장, 가족 폭력 방지법 같이 여성을 보호하는 법률이 제정되었다. 매매춘이 금지되고, 배타적인 일부일처의 유지가 결혼의 당연한 조건이 되었다. 여성들의 사회 참여가 늘어나고 경제력이 신장되면서 여성들은 더 이상 결혼제도에 얽매여 희생적인 삶을 살지 않아도 되게 되었다.

더불어 여자가 생물학적으로 열등하다는 평가는 잘못된 것으로 판명이 났다. 전문 직업군에 여자들의 비율이 남자를 추월했다. 고객의 마음을 읽는 것이 상품의 개발, 디자인 등 산업적 측면에서 중시되면서 이에 강점을 가진 여성들의 가치는 점점 커지고 있다. 경제적·사회적으로 발전된 국가일수록 남녀의 불균형은 사라지고 있다.

여성의 인권이 보장되면서 일부일처의 기본 요소인 남녀의 힘의 크기가 같아지는 조건이 인간에게도 적용되게 되었다. 더 이상 결혼이 자손의 번식이나 집안의 세력화 그리고 안정적인 재산의 증식과 같은 남성 중심적 요구에 부합되는 것만 요구하지 않게 된 것이다.

그래도
남아 있는 문제들

　성공과 명예를 추구하는 남성과 달리 사랑과 행복을 주요 가치로 삼는 여성들은, 스스로의 발전은 물론 남성과의 끊임없는 경쟁을 위해, 여성의 희생을 요구하는 남성적 가치관에 저항하기 시작했다. 그 결과 이혼율은 증가하고, 출산율은 저하되었다. 그러나 남녀평등이 이뤄진 현대에도 여전히 남녀의 성적 행위의 불균형은 지속되고 있다.

　프랑스의 한 연구에 의하면 남성들은 평생 11명의 성적 파트너가 있는 반면, 여성들은 3명을 갖고 있을 뿐이다. 또한 남자의 절반 이상이 한 시점에 5명 이상의 성적 파트너를 갖고 있었던 것과 달리 여성의 절반은 오직 1명의 성적 파트너만 갖고 있었다.

여성은 태생적으로 일부일처를 선호한다. 위의 연구 결과는 여성은 남성과 같은 성적 환상을 갖고 있지 않다는 것을 의미한다. 여성들은 처음 만난 낯선 이성과 하룻밤을 즐기는 경우, 오르가즘에 이를 가능성이 적다. 예외적인 여성도 있긴 하지만, 여성들은 안정적인 한 남성과 관계를 지속적으로 유지할 때 오르가즘을 느낄 가능성이 더 높다. 남성들은 위험하고 경험해 보지 못한 환경에 흥분하지만 여성은 다르다. 안정적이고 지속적인 관계를 가지는 것 자체가 행복이기 때문이다.

인간의 행복을 결정지을 갈등 해결의 방법론

현대의 일부일처는 이전 사회에 비해 남녀가 평등해졌다는 점에서는 긍정적이다. 그래도 아직까지 행복하지 못한 부부가 많다. 오늘날의 남성들이 결혼생활에서 과거의 남성에 비해 많이 양보하고 더 잘해주고 있음에도 여성의 불만은 줄지 않았다. 여성들은 육아나 가사 노동에 대한 불만을 여전히 갖고 있다. 불평등이 모두 교정되지 않았거나 다른 문제가 남아 있다는 증거다.

현대 여성들은 결혼생활에서도 '여성적인 행복함'이 이뤄져야 한다고 생각한다. 결혼생활에서 내가 사랑받고 있다는 느낌이 중요하고, 행복함이 결혼생활의 유지에 필수조건이라는 것이다. 여성의 입장에서 사랑의 행위가 없는 결혼생활은 더 이상 유지할 가치가 없는 것이다.

과거의 여성들은 현재 직면하고 있는 부부 간의 불만족을 개선하려고 노력하기보다 남편을 대신하여 자녀들, 특히 아들에게 기대를 걸고 위안을 갖고 살기도 했다. 그러나 어머니의 기대와 달리 현대의 아들은 더 이상 어머니의 보호자가 될 수 없다. 자칫 잘못하면 자신의 결혼생활을 위태롭게 만들 수 있기 때문이다. 이제는 더 이상 자신의 아내, 자신의 가정의 사랑과 행복을 유보하는 삶을 살 수 없게 된 것이다.

더 이상 남성 우위의 서열적 부부관계가 아닌 남녀평등의 부부관계가 요구되는 시대가 되었다. 자연스레 여성의 요구가 많아지게 되고, 그러면서 갈등도 늘어났다. 이전에는 존재하지 않았던 이혼 사유가 생겨나고, 그로 인한 새로운 충돌 양상이 출현한다. 어느 한쪽의 인격적 결함에 의한 충돌이 아니라, 정상적인 두 사람 사이의 부부갈등, 그리고 그 갈등을 풀지 못하는 데서 오는 충돌로 인한 이혼이 늘어나게 된 것이다.

인류가 이런 갈등을 풀어 줄 방법을 찾아낸다면, 미래에 인간은 그동안 하기 어려웠던 '사랑이 일상화된 결혼제도'를 가지게 될 것이다. 학자들 중에는 결혼제도나 일부일처제의 문제점을 지적하는 사람도 있다. 그것은 그 제도가 결코 인간을 행복하게 할 수 없다는 가정에 의한다. 하지만 나는 그렇지 않다고 생각한다. 미래에는 지금보다 더 안정되고 행복한 결혼생활을 유지할 수 있다고 생각하기 때문이다. '너'를 알고 '너'와의 갈등을 해결하는 올바른 방법론이 개발된다면 평등하면서도 늘 연애 시절과 같은 사랑을 주고받는 결혼생활이 가능해진다. 이는 미래 인간의 행복에 결정적인 기여를 할 것이다.

너,
그리고 너 이해하기

　나와 관계를 맺고 사는 모든 사람이 '너'가 될 수 있다. 이 순간 나와 관계를 가지고 있는 사람이 나의 '너'가 된다. 그러니 현재 나의 의식의 중심에 있는 사람이 바로 '너'다. 셋이서 말을 나누고 있다면 지금 나와 말을 하고 있는 당사자가 '너'다. 말이 바뀌어 다른 사람을 상대로 말을 한다면 순간적으로 '너'의 위치는 바뀌게 된다. 친구들과 건성으로 말을 하면서 어제 소개 받은 여성을 생각하고 있다면, 내 곁의 친구가 아니라 어제 만난 그 여성이 '너'가 된다. 내 의식이 집중을 하고 있는 상대, 나와 변연계 공명을 하고 있는 당사자가 바로 '너'가 되는 것이다. 나와 적대적으로 싸우고 있는 사람도 의식의 중앙에 있다면 '너'가 된다.

아침에 일어나 의식이 깨는 순간 가장 먼저 만나는 너는 곁에 누워 있는 배우자다. 또 그만큼 소중한 너인 아들과 딸을 만나고 출근길에 오르면 수많은 다른 너를 만나게 된다. 버스 기사 아저씨와 얼굴을 마주치면 그 순간 버스 기사가 너가 되었다가, 옆에서 신문을 얌체처럼 보는 너를 만나기도 한다. 갑자기 휴대전화 벨이 울리면 얄미운 너가 남들은 아랑곳하지 않고 큰소리로 떠들어댄다. 회사에서 전날 잘못 올린 보고서를 갖고 꾸지람을 할 때는 부장님이 너가 되고, 점심시간에는 같이 밥을 먹으러 가는 동료가 너가 되는 것이다.

이처럼 시시각각 변하는 나의 의식의 중심에 위치한 수많은 너가 존재한다. 그렇다면 너는 나에게 어떤 의미인가? 사랑하고 같이 일을 하는 사람일 수도 있지만, 그냥 순간적으로 지나치는 너도 있다. 아무런 관계가 없는 것 같은데 불교에서는 만나는 것 자체로도 어마어마한 인연이 있다고 한다. 그 말이 맞을 수도 있다. 순간적으로 만나고 지나치지만 물리적으로는 훨씬 더 밀접한 관계를 가지게 된다는 사실이 과학적으로 밝혀졌다. 비밀은 나와 너가 인간 거울신경세포에 의해 강제로 연결되어 있기 때문이다. 보는 순간 나의 거울신경세포는 너의 행위를 나의 뇌에 복제시키고, 상대도 마찬가지다. 때문에 나의 뇌에는 너의 행위가 흔적을 남긴다. 마주치기만 해도 너는 내 의지와 상관없이 영향을 준다. 박지성 선수도 나에게 흔적을 남긴다. 그가 볼을 찰 때마다 내 뇌는 그 행위를 복제하고 있다. 의식과는 무관하다. 그러다가 '너'와 통하게 되면 두 사람의 뇌는 변연계 공명을 한다. 공명이 이루어지게 되면 너는 나에게 뚜렷이 각인되는 것이다. 그러면 우리는 이렇게 말한다. '그 사람과는 통하는 데가 있어'라고.

나의 능력은 '얼마나 많은 너를 가졌느냐'다

지금 형성되어 있는 '나'는 과거부터 지금까지 만나왔던 모든 '너'와의 관계의 '합'이라고 할 수 있다. 내가 배운 모든 지식과 경험, 그리고 그때 동반되었던 생각과 감정이 지금의 나를 만든 것이다. 그 생각은 거의 대부분 어느 시점의 '너'와의 관계 속에서 출현한다. 나는 모든 '너'와의 관계에 의해 형성되었다. 얼마나 많은 '너'와 생각을 공유할 수 있는지, 얼마나 많은 '너'와 변연계 공명을 이룰 수 있는지가 나의 능력이라고 말할 수 있다.

현대는 인간관계가 광범위해지고 있다. 편지에서 전화로, 그리고 인터넷과 SNS로…. 통신은 인간과 인간을 연결시키고 간접적으로 변연계 공명이 일어나게 할 수 있다. 연극과 음악, 미술과 같은 문화도 마찬가지다. 모두, 인간과 인간 사이의 연결에 기여한다. 그런 연결이 끊어지면 인간은 살 수 없다. 깜빡 잊고 휴대전화만 놓고 와도 하루종일 안절부절못하는 것이 인간이다.

현대인의 능력은 얼마나 많은 너와 변연계 공명을 할 수 있느냐에 달려 있다. 다른 사람의 마음을 잡을 수 있는 능력은 곧 현실적인 능력이 된다. 많은 친구를 아는 것은 생각보다 강한 사회적 능력이다. 팔로우가 많거나 방문객 수가 많은 블로거는 그 자체로 강력한 사회적 힘을 갖게 된다. 다른 사람들이 좋아하는 생각이나 글을 쓸 수 있다는 것이 사회적 힘의 척도가 된다. 결국 너의 마음에 들지 않는다면 나의 능력은 없다.

너에 의해
결정되는 나의 가치

　현대사회에서 '나'의 능력은 얼마나 많은 '너'와 공명할 수 있는가의 문제라고 했다. 얼핏 생각하기에는 능력 있는 '너'나 매력이 있는 '너'와 관계를 맺고 사는 사람이 더 능력이 있는 것 같지만, 실제 사회적 힘은 이들을 포함하면서 얼마나 많은 대중과 관계를 맺느냐에 의해 결정된다. 역설적으로 능력이 적고, 힘이 없는 사람들과 얼마나 변연계 공명을 잘 할 수 있느냐 하는 것이 그 사람의 사회적 능력에 더 결정적 역할을 한다는 것이다.

　많은 다수와 관계하는 변연계 공명에서 위장은 불가능하다. 대중의 누군가는 그 위장을 간파한다. 대중의 크기가 클수록 위장을 간파할 능력은 극대화된다. 어떤 사람에 대해 그가 위장하고 있다는 주장이 다른 사람들과의 변연계 공명을 통해 사실로 판명나면 대중 전체로 급속도로 퍼지게 된다. 따라서 많은 사람을 대상으로 위장하는 것은 불가능하다.

산업화의 시대에는 효율성이 중요했다. 튼튼한 기계가 좋은 기계였다. 그러나 지금은 상황이 달라졌다. 효율성이 좋더라도 마음을 끌지 못하면 선택받지 못한다. 능력 있는 정치가보다 내 마음에 드는 정치가를 뽑게 된다. 오늘날 실력이란, 사람들의 마음을 빼앗을 수 있는 능력에 비례하게 된다. 단순히 성적이 좋은 아이보다 친구들의 마음을 사로잡을 수 있는 아이가 미래 사회에서 성공한 삶을 살 가능성이 높다. 훌륭한 사람들과 만나고 이들과 어울리며 생활하는 사람보다는, 약자이고 힘없는 다수의 사람들과 교류하는 사람이 천하를 얻을 수 있다.

너는 나의 환경이다

나에게 너가 없는 것은 공기가 없는 곳에서 사는 것과 같다. 국민가수는 상류층이 좋아하는 사람이 아니라, 서민이 좋아하는 사람이다. 돈이 많은 사람을 대상으로 하는 기업은 평범한 전 세계인을 대상으로 하는 기업만큼 규모가 커질 수 없다. '너'의 마음을 읽

을 능력이 없는 사람은 시간이 지날수록 그 능력이 제한받기 마련
이다. 나의 능력은 얼마나 많은 '너'의 지지를 받을 수 있느냐에 의
해 결정된다. 얼마나 많은 사람과 공명을 이룰 수 있는 능력이 있
는지에 달려 있는 것이다.

너와의
교류가 끊어지면

'너'가 없으면 '나' 역시 존재할 수 없으며, '나'의 능력은 '너' 의 마음을 읽는 데서 온다고 했다. 그럼에도 불구하고 '너'를 외면하는 이들이 있다. 우리는 어렵지 않게 사람과의 접촉을 기피하는 사람들을 찾을 수 있다. 관계에서 상처를 받았기 때문에 관계 자체를 거부하는 것이다. 거울신경세포를 통한 변연계 공명이 이루어지지 않으면 살아 있는 표정이 사라진다. 표정은 교류를 하기 위해 필요하지만, 그 자체가 다른 사람들과의 교류 정도를 알려주기도 한다. 단지 표정만 소실되는 것이 아니라 교류할 때 유지되는 생동감도 소실된다. 이들과 대화를 하면 벽처럼 느껴진다. 감정의 교류가 일어나지 않기 때문이다.

가족 이외에는 최소한으로 교류하는 데 그치고 인터넷을 통해서만 세상과 소통하는 사람도 있다. 그런 사람들의 뇌는 시간이 지날수록 변하게 된다. 실질적인 변연계 공명이 일어나지 않기 때문에 애착 호르몬이 고갈되기 시작하는 것이다. 애착이 사라지면 인간을 인간으로 대우하는 기능이 소실되기 시작한다. 즉 '너'가 사라지는 것이다.

미래 사회는 이처럼 변연계 공명을 하지 않아 애착이 소실되는 사람들이 늘어날 가능성이 높다. 혼자 사는 사람이 많아지고, 이들 중 상처를 받아 교류를 단절하고 사는 사람들이 증가할 가능성이 높기 때문이다. 사람과 사람의 직접 교류가 차단되는 것은, 이를 대신하는 문명의 기기 때문에 역설적으로 더 늘어날 것이다. 문명의 기기를 이용한 간접 교류는 처음에는 직접 교류를 대신할 수 있지만, 시간이 지날수록 직접 만남에 의한 정서교류가 일어나지 않아 다른 사람들과 통하는 능력은 점점 더 떨어지게 될 것이다. 다른 사람과의 접촉이 없어지는 순간, 인간으로서의 정체성은 소실되기 시작한다. 다른 사람인 '너'는 나의 가장 중요한 환경이기 때문이다.

너와의 교류를 교정하는 화

너와의 관계가 불공정하거나 교류가 통하지 않을 때 나오는 것이 사회적 분노라 했다. 분노는 부정적인 정서로 인식되고 있지만, 너에 대한 불만은 축복이라 믿는다. 너와의 관계를 교정할 수 있기 때문이다. 불만이 없는 관계는 애초에 존재할 수가 없다.

인간은 다른 인간과 절대 같을 수가 없다. 그러니 이 다름의 차이에서 불만과 분노가 나올 수밖에 없다. 아내에게 불만을 말하지 않는 남편은 겉으로 보기에 마음이 넓은 것 같지만, 두 사람의 관계는 서서히 멀어지게 될 것이다. 밖으로 표출되지 않아 교정되지 않는 불만이 쌓이면 관계는 결코 정교해질 수 없기 때문이다.

나에 대한 불공정과 말이 통하지 않음에서 나오는 사회적 분노는 실은 너와 나의 부족한 변연계 공명을 교정하는 기능을 한다. 부정적 교류가 교정되지 않으면 분노가 누적되어 공격성을 드러내거나 단절을 시도하고, 음지에서 부족함을 채우게 된다. 그것이 외도건, 다른 사람들과 지내는 시간을 늘리는 일이건, 일에 몰입하는 것이건…. 그것도 여의치 않으면 절망적인 우울에 빠지게 된다. 이런 상태를 예방하기 위해 필요한 것이 바로 불만과 화인 것이다. 화는 인간의 삶을 완벽하게 하기 위해 절대적으로 필요한 장치다. 바로 너와 나의 교류를 행복하게 하기 위하여.

너와 나는 완전한 통합을
이루어야 하는가

　너와 나의 통합에 대해 이야기하는 SF 영화가 많이 있다. 모든 인간의 뇌가 연결되어 있는 세계가 있을 수도 있고, 국민의 마음을 모두 읽고 있는 절대자가 존재할 수도 있다. 이런 세상이 되는 것이 우리의 최종 목적일까? 인간들이 서로 통하여 완벽한 통합을 이루는 세상은 인간에게 행복을 줄 수 있을까? 배우자가 내 마음을 다 이해하고 읽어 주기를 바란다. 그런 배우자가 있으면 정말 행복할까?

　이 같은 세상은 나와 너가 통합하는 사회다. 하지만 단언하건대, 그런 사회가 되는 순간 행복은 사라지게 된다. 그건 바로

'너'가 없어지기 때문이다. 나와 너의 완벽한 통합은 행복을 이끌어 내는 것이 아니라 오히려 사라지게 하는 것이다. 그것은 유성생식이 있기 전 무성생식의 세계로 돌아가는 것이다. 모두 같은 생각을 하고 있고, 나와 같은 취미를 가지고 있는 것은 행복을 없앨 뿐 아니라 모든 정서를 사라지게 한다.

우리가 행복을 느낄 수 있는 것은 나와 동일하지 않은 '너'가 있기 때문이다. 그렇게 세상에서 가장 중요한 우리가 되면서, 나와 변연계 공명을 강하게 할 수 있는 존재, 그것이 '너'인 것이다. 행복을 느끼는 그 자체가 인간에게 축복이 아니라 그런 '너'와의 관계를 하게 하기 위해 존재하는 도구가 행복이다. 그래서 행복보다 중요한 것이 바로 '너'다.

나와 다른 '너'가 있다는 것은 내 삶의 가장 큰 축복이다. 아니, 삶 그 자체다.

【 참고문헌 】

- M. T. Banich, 김명선, 강은주, 강연욱 옮김, 《인지 신경과학과 신경심리학》, 시그마프레스, 2008.
- M. J. T. Fitzgerald, 천명훈 옮김, 《통합강의를 위한 임상신경해부학》, E PUBLIC, 2008.
- NHK 공룡프로젝트팀, 이근아 옮김, 《공룡, 인간을 디자인하다》, 북멘토, 2007.
- 대니얼 골먼, 장석훈 옮김, 《SQ 사회지능》, 웅진지식하우스, 2006.
- 김재진, 《뇌를 경청하라》, 21세기북스, 2010.
- 나덕렬, 《앞쪽형 인간》, 허원미디어, 2008.
- 리처드 도킨스, 홍영남, 이상임 옮김, 《이기적 유전자》, 을유문화사, 2010.
- 마르코 라울란트, 정수정 옮김, 《호르몬은 왜》, 프로네시스, 2007.
- 리처드 래닌, 토머스 루이스, 페리 에미니, 김한영 옮김, 《사랑을 위한 과학》, 사이언스북스, 2001.
- 박문호, 《뇌 생각의 출현》, 휴머니스트, 2008.
- 데이비드 버스, 전중환 옮김, 《욕망의 진화》, 사이언스북스, 2007.
- 필리프 브르노, 이수련 옮김, 《커플의 재발견》, 에코리브르, 2003.
- 루안 브리젠딘, 황혜숙 옮김, 《남자의 뇌, 남자의 발견》, 리더스북, 2010.
- 마르코 야코보니, 김미선 옮김, 《미러링 피플》, 갤리온, 2009.
- 폴 에얼릭, 전방욱 옮김, 《인간의 본성(들)》, 이마고, 2008.
- 폴 에크만, 이민아 옮김, 《얼굴의 심리학》, 바다출판사, 2006.
- 시마즈 요시노리, 《화내지 않는 기술》, 포북(for book), 2011.
- 로돌프 R. 이나스, 김미선 옮김, 《꿈꾸는 기계의 진화》, 북센스, 2007.
- 리타 카터, 양영철, 이양희 옮김, 《뇌 맵핑 마인드》, 말글빛냄, 2007.
- 스테파니 쿤츠, 김승욱 옮김, 《진화하는 결혼》, 작가정신, 2009.

- A. Bartels, S. Zeki, 〈The neural basis of romantic love〉, *NeuroReport*, vol. 11, issue 17, pp. 3829-3834, 2000.
- A. Bartels, S. Zeki, 〈The neural correlates of maternal and romantic love〉, *Neuroimage*, vol. 21, issue 3, pp. 1156-1166, 2004.
- D. E. Cox, D. W. Harrison, 〈Models of anger : contributions from psychophysiology, neuropsychology and the cognitive behavioral perspective〉, *Brain Structure Function*, vol. 212, issue 5, pp. 371-385, 2008.
- J. Decety, C. Lamm, 〈Human empathy through the lens of social neuroscience〉, *The Scientific World JOURNAL*, vol. 6, pp. 1146-1163, 2006.

- I. Dinstein, C. Thomas, M. Behrmann, D. J. Heeger, 〈A mirror up to nature〉, *Current Biology*, vol. 18, issue 1, pp. R13-18, 2008.
- Z. R. Donaldson, L. J. Young, 〈Oxytocin, vasopressin, and the neurogenetics of sociality〉, *Science*, vol. 322, issue 5903, pp. 900-904, 2008.
- M. Fabbri-Destro, G. Rizzolatti, 〈Mirror neurons and mirror systems in monkeys and humans〉, *Physiology*, vol. 23, issue 3, pp. 171-179, 2008.
- H. Fisher, A. Aron, L. L. Brown, 〈Romantic love : an fMRI study of a neural mechanism for mate choice〉, *The Journal of Comparative Neurology*, vol. 493, issue 1, pp. 58-62, 2005.
- H. Fisher, A. Aron, L. L. Brown, 〈Romantic love : a mammalian brain system for mate choice〉, *Philosophical Transactions of the Royal Society of London-Series B : Biological Sciences*, vol. 361, issue 1476, pp. 2173-2186, 2006.
- V. Gallese, 〈Before and below 'theory of mind' : embodied simulation and the neural correlates of social cognition〉, *Philosophical Transactions of Royal Society of London-Series B : Biological Sciences*, vol. 362, issue 1480, pp. 659-669, 2007.
- T. R. Insel, 〈A Neurobiological basis of social attachment〉, *American Journal of Psychiatry*, vol. 154, issue 6, pp. 726-735, 1997.
- D. E. Lyons, L. R. Santos, F. C. Keil, 〈Reflections of other minds : how primate social cognition can inform the function of mirror neurons〉, *Current Opinion in Neurobiology*, vol. 16, issue 2, pp. 230-234, 2006.
- A. Najib, J. P. Lorberbaum, S. Kose, D. E. Bohning, M. S. George, 〈Regional brain activity in women grieving a romantic relationship breakup〉, *American Journal of Psychiatry*, vol. 161, No. 12, pp. 2245-2256, 2004.
- M. O'Connor, D. K. Wellisch, A. L. Stanton, N. I. Eisenberger, M. R. Irwin, M. D. Lieberman, 〈Craving love? Enduring grief activates brain's reward center〉, *Neuroimage*, vol. 42, issue 2, pp. 969-972, 2008.
- J. A. Pineda, 〈Sensorimotor cortex as a critical component of an 'extended' mirror neuron system : Does it solve the development, correspondence, and control problems in mirroring?〉, *Behavioral and Brain Functions*, vol. 4, issue 1, pp. 47, 2008.
- L. J. Siever, 〈Neurobiology of aggression and violence〉, *American Journal of Psychiatry*, vol. 165, issue 4, pp. 429-442, 2008.
- M. M. Straus, N. Makris, I. Aharon, M. G. Vangel, J. Goodman, D. N. Kennedy, G. P. Gasic, H. C. Breiter, 〈fMRI of sensitization to angry faces〉, *Neuroimage*, vol. 26, issue 2, pp. 389-413, 2005.
- H. Takahashi, M. Matsuura, N. Yahata, M. Koeda, T. Suhara, Y. Okubo, 〈Men and women show distinct brain activations during imagery of sexual and emotional infidelity〉, *Neuroimage*, vol. 32, issue 3, pp. 1299-1307, 2006.
- A. Talarovicova, L. Krskova, A. Kiss, 〈Some assessments of the amygdala role in suprahypothalamic neuroendocrine regulation : a minireview〉, *Endocrine Regulations*, vol. 41, issue 4, pp. 155-162, 2007.
- S. Zeki, J. P. Romaya, 〈Neural correlates of hate〉, *PLoS ONE*, vol. 3, issue 10, pp. e3556, 2008.